D1602760

# CORÍN TELLADO

# Mi Nita querida

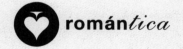

Título: Mi Nita querida
© 1984, Corín Tellado
© De esta edición: julio 2006, Punto de Lectura, S.L.
*Torrelaguna, 60. 28043 Madrid (España)*  www.puntodelectura.com


ISBN: 84-663-1516-0
Depósito legal: B-29.139-2006
Impreso en España – Printed in Spain

Adaptación de cubierta: Éride
Fotografía de cubierta: © Zefa
Diseño de colección: Punto de Lectura

Impreso por Litografía Rosés, S.A.

Todos los derechos reservados. Esta publicación
no puede ser reproducida, ni en todo ni en parte,
ni registrada en o transmitida por, un sistema de
recuperación de información, en ninguna forma
ni por ningún medio, sea mecánico, fotoquímico,
electrónico, magnético, electroóptico, por fotocopia,
o cualquier otro, sin el permiso previo por escrito
de la editorial.

200 / 33

**CORÍN TELLADO**

# Mi Nita querida

*Al tímido e indeciso todo le es imposible,
porque así se lo parece.*

W. Scott

# 1

Podía contárselo a su madre, pero Nita pensaba que su madre era una persona muy seria, muy cariñosa, pero poco dada a tales situaciones. Y aquella situación suya era, sin duda, bastante estúpida. No obstante, entendía que guardárselo para sí sola resultaba de una pesadez insoportable.

Realmente ella se lo tomaba a broma, pues maldito si podía tomarse de otro modo. Sin embargo, aun con ser una broma, y bastante pesada por cierto, en el fondo, muy en el fondo casi la emocionaba.

La persona que mejor podía entenderla era Kaden, y decidida, ocultando la carta en el fondo del bolsillo de su pantalón vaquero, atravesó su alcoba, salió al pasillo y se dirigió, aún algo estremecida, al otro extremo, donde Kaden tenía su refugio.

Miró la hora en su reloj de pulsera. Hum... las siete. Seguro que Kaden no había regresado del estudio. Por otra parte, tampoco su madre había vuelto de la novena, a la cual acudía todas las tardes. Ella, en cambio, de regreso de la academia de idiomas había recogido, como cada día, el correo en el buzón situado en la portería. Por lo regular había cartas de bancos para su madre, publicidad de este o de aquel producto, algún anuncio de esos que se hacen por cantidades y que se mandan a todos los titulares del listín telefónico, y alguna tontería más. Pero aquel día...

—Kaden —llamó sin abrir, acercando la boca al pestillo. Kaden, ¿estás ahí?

El silencio más absoluto.

Nita empujó tímidamente la puerta y asomó la cara.

La alcoba de Kaden estaba vacía. Lanzó un vistazo, sin abrir más la puerta, y sólo vio el lecho cómodo, las dos mesitas de noche, la mesa de trabajo, un flexo colgando, unos planos pegados con chinchetas a la pared y dos puffs de color amarillo. Ella ya se lo sabía todo de memoria por haberlo visto un sinfín de veces, porque, al fin y al cabo, hacía todos los días aquella habitación.

Cerró de nuevo y retornó al living, donde cayó sentada en un butacón, mirando distraída aquí y allá sin ver casi nada, pues su mente se hallaba prendida en el contenido de aquella carta que aún apretaba entre los dedos, perdidos en el fondo del bolsillo del pantalón vaquero.

Era una chica muy linda. Nita Martín resultaba casi conmovedora por su delicada belleza.

No era la típica chica hermosa, de clásicas facciones y arrogancia desafiante. Era más bien delicada, un tanto sexy, con ese aire algo desvaído e indefenso de la muchacha que no presume de nada, que nada espera con demasiada ansiedad, pero que, en el parpadeo de sus preciosos ojos pardos, de un glauco intenso, en el temblor casi imperceptible de sus labios gordezuelos y en el oscilar tibio de sus senos túrgidos, se apreciaba una sensibilidad extrema y una emoción femenina indescriptible.

Realmente Nita no era ninguna tonta, ni ninguna soñadora sin sentido, pero evidentemente era una joven de veintidós años, pura y casta, que tenía sus propios sueños, aunque nunca se atreviera a confesarlo.

En aquel instante, su rubio cabello natural, de abundante melena, sedosa y muy bien cuidada, semilarga, se agitaba enmarcando su carita de delicadas facciones, donde las aletas de su nariz, algo respingona, se agitaban como si algo, afluyendo muy de dentro, la emocionara y a la vez le causara estupor y divertimiento.

11

De súbito se le ocurrió comunicar a alguien todo aquello que acababa de dar a su vida una emoción diferente, y se dirigió al teléfono situado no muy lejos de donde se hallaba el sillón en el cual había caído momentos antes.

¿Por qué no?

Sonia Morgado era su mejor amiga, casi, casi se podía decir, la única. Acababa de separarse, pues juntas acudían cada tarde a dar sus lecciones de idiomas en aquella academia a la cual empezaron a acudir hacía un año.

Sonia trabajaba en una agencia, si bien a las seis se reunían en la academia y permanecían allí una hora, para retomar caminando juntas, cada cual hacia su casa, situadas no muy lejos una de la otra, aunque en distintas manzanas.

Iba a marcar el número cuando oyó el llavín en la cerradura.

Dejó, pues, el teléfono y asomó la cabeza por la puerta entreabierta.

—Kaden, ¿eres tú?

La voz bronca de Kaden replicó de inmediato:

—Sí —y sus pasos avanzaron por el pasillo hacia el living.

Nita pensó: «Se lo contaré a Sonia mañana y se la enseñaré. La leeremos juntas. Nos vamos a reír una barbaridad. Me divierte muchísimo el contenido de esta misiva».

En voz alta estaba oyéndose decir:

—Hola, Kaden. Hoy vienes algo más tarde.

Y le mostró el reloj.

El recién llegado también miró el suyo con cierta indiferencia.

—Puaff —exclamó por toda respuesta—. Hace un calor insoportable. Ya veo que este verano, que está haciendo su aparición, convertirá la ciudad en un asadero. —Se dejó caer en un sofá, añadiendo—: Y encima tengo las vacaciones en invierno. ¿Sabes lo que te digo, Nita? No hay peor cosa que trabajar para los demás.

Nita, aún de pie cerca del teléfono, se fue escurriendo hacia un puff y se perdió en él, de modo que casi se hundió hasta el suelo.

Miró a Kaden con cierta inquietud. Y es que se imaginaba que cuando le diera la carta a leer, se iba a reír. También ella se había reído, pero...

—Ya veo que tía Bea no está —añadió Kaden mirando a un lado y otro—. ¿En la novena?

—Supongo. Vendrá pronto —miró de nuevo la hora—. Estuve en la cocina y he visto que dejó la cena lista. Iré a poner la mesa.

—Nita.

La joven, que ya se levantaba, giró un poco la cabeza.

—¿Qué pasa, Kaden?

—¿No estás nerviosa? Yo diría...

Nita no era nada reservada. Seguro que era todo lo contrario, porque bien sabía Kaden que era más bien extrovertida.

—He recibido una carta de amor.

Lo dijo a toda prisa. Kaden, del salto, se puso en pie.

Era un tipo de unos… ¿cuántos años? Nita sabía bien los que tenía, porque cuando ella contaba doce, Kaden pasó de su pueblo a vivir con ella y su madre. Y en aquel entonces tenía justamente diecisiete años. Es decir que le llevaba cinco, y si ella contaba veintidós, Kaden, evidentemente, según Pitágoras, tenía veintisiete.

No era un chico muy alto ni tan apolíneo que se volvieran las chicas a mirarlo cuando cruzaba una calle. Pelo castaño, ojos marrones, facciones regulares. Dientes sanos y blancos, pero no simétricos. Ella adoraba a Kaden. Nadie como ella para conocer sus valores, pero ella era, como si dijéramos, hermana de Kaden.

—¿De amor? —preguntó Kaden muy asombrado.

—Sí, sí —se sofocó Nita—. Pero que mamá no lo sepa, ¿quieres? Me da vergüenza.

—Pero —más asombro en la mirada tibia de Kaden—, ¿tienes un enamorado? ¿Lo conoces?

Nita, que se dirigía a la puerta con el fin de saber si estaba puesta la mesa en el comedor, para ponerla si no era así, se volvió apenas, titubeando:

—Yo sólo sé de Felipe Terrol.

—¿El médico que hace las prácticas?

—Bueno, ya sabes cómo me invita.

—Sé únicamente que te hace la corte. Es un gran chico.

—Kaden, que una no se enamora de buenas cualidades. Eso es después, cuando ya estás enamorada del físico.

Kaden estalló en una risotada muy alegre.

—El día que te enamores de verdad —dijo— ya verás como las cualidades las consideras tan importantes como el físico. Además, Felipe no está nada mal.

—El autor de la carta no es Felipe —refutó Nita, como si le ofendiera que su vecino del quinto le tomara el pelo—. Felipe no es capaz de escribir así.

—¿Puedo leerla?

Nita la extrajo del bolsillo con cierta cautela.

—No te vas a reír, ¿verdad?

—Nita, ¿qué dices? ¿Cuándo me he reído yo de tus cosas?

—Mira, toma, pero vete a tu cuarto, porque si viene mamá no quiero que sepa que he recibido esa carta, y si te vas a reír, prefiero oírte yo sola. Iré a poner la mesa, y cuando haya terminado pasaré a tu cuarto —le entregó el sobre algo arrugado—. Es muy bonita, ¿sabes? Dice cosas bellísimas y emocionantes —casi enrojecía—. Una no es de piedra. De todos modos, entre la risa que me causa su contenido, debo confesar que también me emociona un poco. Es la primera carta de amor que recibo, y lo curioso es que ignoro de quién procede.

—¿Una tomadura de pelo?

—Puede.

—Dame —la asió y dio un paso hacia la puerta—. Ya te diré lo que me parece.

—Bueno.

Y mientras Kaden se iba a su cuarto dentro de su atuendo deportivo, pantalón y camiseta de algodón, Nita se dirigió a la cocina colindante con el comedor.

## 2

Era un piso ubicado en el centro de una ciudad costera preciosa, cuyo nombre no merece la pena mencionar. Un piso claro, con grandes ventanales, por los cuales entraba el sol en todas las épocas del año. No demasiado grande, pero sí cómodo y confortable, y además limpísimo, pues tanto a ella como a su madre les encantaba conservar los muebles y el hogar en sí, ya que, dada la situación económica, no demasiado boyante, difícil les sería conseguir otro.

Tampoco tenían interés alguno en cambiarse de piso. Ése lo habían comprado sus padres, y por ser propio tenía para ambas un idílico y tierno recuerdo.

Nita, mientras ponía la mesa para tres, pensaba en la muerte súbita de su padre, militar de alta graduación. Y pensaba, asimismo, en cinco años antes, cuando su padre, juntamente con su madre, adquirieron aquel piso, considerando que su padre ya no cambiaría más de ciudad. Pero lo que no contaban era con los designios de Dios, que se lo llevó cuando más lo necesitaban ella y su madre, e incluso Kaden.

Lo lloraron los tres. La vida tuvo su lado bueno que ofrecerles, pese a la tremenda tragedia. La buena voluntad para recordar con dulzura al padre bueno que se había muerto. Al consejero excelente para Kaden y al marido amante para la esposa.

Nita terminó de poner la mesa en el pequeño comedor cercano a la cocina y separado de ella por una puerta corrediza, y se acercó al fogón para ver cómo andaba la comida. En efecto, estaba casi lista. Su madre nunca se descuidaba.

Era una dama delicada, fina, de gran prestancia, pese a su delicadeza. Joven aún, pues no llegaba ni con mucho a los cincuenta años.

Nita pensaba que a esa edad, antes, se era ya una vieja, o al menos, se llegaba casi a las postrimerías de la madurez, rozando casi la ancianidad. A la sazón, afortunadamente, a los cincuenta años una mujer puede incluso pensar que le queda mucho por vivir.

Su madre, no, claro.

Su madre, sin lamentaciones aparentes, eso es cierto, vivía para el recuerdo de su esposo difunto.

Tampoco podía culparla. Nita se decía que, al fin y al cabo, su madre había sido educada en la antigua escuela. Y cuando una persona educada así se casa, es para toda la vida, y si le falta el marido se consagra exclusivamente a su recuerdo.

La vida ahora era muy distinta, pero Nita no pensaba ni censurar una ni alabar la otra. Cada una tenía su encanto, y fuera ayer, fuera hoy, merecía la pena vivir o haber vivido ambas.

Dentro de sus vaqueros y su camisa a rayitas diminutas, blancas y azules, con una más delgada en medio de un tono anaranjado, sobre sus mocasines planos, delgada y esbeltísima, dejó el comedor y abordó el largo pasillo.

Pensó que las casas de antes tenían los techos muy altos y unos pasillos interminables, pero también poseían su encanto añejo. A ella, pese a conocer pisos modernos, le gustaba más el suyo, aun con ser antiguo.

El salón era muy grande y estaba decorado con cierta austeridad, pero de una personalidad muy marcada y encantadora. Daba a la calle por dos partes y tenía una rotonda, especie de corredor lleno de plantas que colgaban por los barrotes de hierro que formaban los tres balcones juntos.

El piso tenía unos doscientos metros cuadrados. No era pequeño. Cuatro habitaciones, un despacho que fue de su padre y que ahora usaba Kaden, el salón, cocina, comedor, living, despensa y tres baños. No, no era nada pequeño para su economía.

—Kaden —llamó tocando en la puerta de su pariente.

Kaden abrió él mismo.

Tenía la carta en la mano.

—¿La has leído?

—Pues sí. Oye, es preciosa.

—¿Verdad?

—Pasa, pasa —miró por encima de la cabeza de Nita—. ¿No ha vuelto tu madre?

—No. Pero no tardará. Claro que si se encuentra con Sara suele entretenerse y hasta suelen tomar un té en la cafetería de abajo.

—Ven.

Y la asió de la mano.

—¿La has leído más de una vez, Nita?

Al preguntar la empujó hacia un puff y él se sentó en otro sin soltar el pliego.

—La he leído una sola vez, pero la entendí muy bien.

—Yo diría que su contenido te emociona.

Nita sacudió su melena rubia, que despedía un perfume tenue de colonia fresca de baño.

Kaden pensó: «Cuando entré en esta casa por primera vez, hace diez años, el olor a esta colonia, siempre la misma, ya me produjo una sensación de limpieza, de personalidad».

En voz alta comentó:

—Lo raro, Nita, es que te escriba a máquina.

—Será para que no me pierda nada. Oye —tras un titubeo—, ¿me la lees en voz alta, Kaden? Seguro que me suena diferente.

—Me voy a ruborizar, Nita —rio Kaden, a su pesar—. Son cosas algo cursis, ¿no? Ya no se escriben cartas así.

—Nunca he recibido una carta de amor, ni yo las he escrito —dijo Nita, algo molesta—. Por ello no sé si son cursis o no, si se escriben así o no se escriben. Pero yo creo que el sentimiento, el amor, por mucho que se disfrace, es casi siempre igual, se sienta en esta época que se sienta en otra.

—No te enfades, Nita, por favor. Es que… yo no creo en la existencia del amor, tanto, como observo, crees tú.

—Nunca me enamoré —farfulló Nita, algo ofendida—. No tuve tiempo de enamorarme ni conocí chicos que me hicieran sentir ese aletazo. Pero creo en su existencia y pienso que debe de ser muy bonito estar enamorada.

—Bueno, vale, no te enfades.

—¿No estás tú enamorado de Berta Ril?

Kaden hizo un gesto ambiguo.

—Bueno, salimos juntos. Somos amigos. Pero de eso al amor media un abismo —y cambiando bruscamente de tono—. Te la voy a leer para que se te vaya el enfado.

—Si te causa risa, no la leas y dámela.

—No te enfades, Nita, por el amor de Dios. Oye, leo… Y no me río. Te juro que no me río.

* * *

«Mi Nita querida: No, no me conoces. No tienes idea de que existo. Y es que nunca te dije nada referente a mis sentimientos. Además no me conoces demasiado. Me ves. Eso es cierto. Me ves, y pasas de mí. Bueno, yo no paso de ti. Pero me da una vergüenza enfermiza hablarte de mi amor. ¿Que quién soy? Un hombre, un muchacho, un tipo sentimental y romántico que no espera casi nada de ti, pero que quiere decirte cuanto le inspiras. Estoy locamente enamorado de ti, Nita querida. Muy enamorado. Tanto que no soy capaz de guardarme esto para mí solo, porque si no lo comparto, aunque sea de esta manera tan particular, pienso que terminaría destruido.

Digo que no me conoces, aunque me ves, porque pasas de mí, de mi existencia y de mis sentimientos. No soy hombre elocuente, ni erudito ni brillante en ningún sentido. Paso por la vida sin que nadie repare en mí. Pero yo me conozco. Y si no te digo todo esto cara a cara es porque soy tímido y temo que mi amor te produzca risa. Sí, risa. Te veo lejana, encaramada en tu mundo aislado. También veo cómo te mueves entre tus amigas y te pareces poco a ellas. Digo que te pareces poco porque no andas cada día con chicos diferentes. Tú y Sonia sois dos mundos aparte, límpidos y sencillos. Mil veces estuve a punto de acercarme, invitarte a una copa, contarte cosas de mí, pero me es imposible. Por eso uso el truco tan viejo de una misiva. Por lo regular, hoy los hombres no son románticos, o eso se dice. Cunde el materialismo, y el sentimiento es una baraja que se juega según el gusto de cada cual, y rara vez sale victorioso. Yo seré de la antigua escuela, pero no me pesa. No pienses que por decir antigua escuela soy un carcamal. Todo lo contrario. Empecé a verte un día. Hace tiempo, mi querida Nita. Hace mucho tiempo. No vamos a contar cuánto, porque no creo que venga al caso. Pienso a veces, en mis soledades traumatizadas, que si te dijera todo esto de viva voz me llamarías cursi, sensiblero. Te reirías de mí, y si algo temo más que a la muerte es tu risa burlona. En mí he levantado un altar para ti, pero me sería imposible ponerlo a tus pies esperando, a cambio de mi devoción, tu cruda ironía. Ya sé, ya sé que no eres cruel, pero… ¿por qué ibas a aceptar emociona-da mi confesión? Tampoco es eso. De momento pienso que me consolé al decirte esto. Confesarme, desnudar mi alma y poner a la intemperie mis sentimientos. Si no te importa, Nita, mi queri-da Nita, te escribiré una vez por semana. No te rías, por favor. Toma un poco en serio lo que di-ce mi corazón solitario. Te escribo a máquina para que no pierdas nada de su contenido, y si no lees mi carta, tampoco, por favor, te rías de ella. Te adoro, X.»

Hubo un silencio.

Nita aún tenía la vista baja. Kaden a su pe-sar, sonreía de una forma leve, peculiar, mezcla de piedad y de sarcasmo.

—Bueno —dijo, plegando la carta—, es pre-ciosa. Parece muy sensible.

Nita se despabiló.

—Te ríes de ella, ¿verdad?

—No es eso, Nita. No lo es. Por Dios que no. Lo que pasa es que me parece imposible que aún existan hombre que manifiesten así sus sentimientos. La vida está llena de materia —aña-dió pensativo—. Nada se valora. Nada tiene im-portancia. Se diría que los humanos, en esta época difícil, lo único que intentan es sobre-vivir.

Nita se levantó.

—A mi pesar —dijo quedamente—, el contenido de esta carta me emociona. Me produce una sensación rara. Nunca sentí nada parecido.

—Mira que si te enamoras platónicamente de una cuartilla escrita a máquina.

Se oyó el llavín de la cerradura. Nita se alejó hacia la puerta en dos saltos.

—Kaden, ni una palabra a mamá.

—Claro que no, Nita. Pero… —titubeante—, ¿me enseñarás las que sigas recibiendo, si las recibes?

—Sí, sí, sí.

Y ocultó ya el pliego en el bolsillo del pantalón vaquero.

Kaden también se puso en pie y se alisó el pantalón deportivo, color beige, con un ademán maquinal.

Nita salió apresurada y llegó al living cuando su madre dejaba el rosario sobre una consola.

—Ya puse la mesa, mamá.

—¿Ha venido Kaden?

—Claro.

—Pues ayúdame a servir la mesa. Un poco tarde, ¿verdad? Es que me topé con Sara, y ya sabes cómo es. Atosiga. Te invita, y no hay forma de eludirla. Está muy sola la pobre. —Fue hacia la cocina, donde se puso un delantal de flores en torno a la cintura, seguida por Nita, que dispuso las bandejas—. Sara, la pobre, no se resigna a perder a su marido y lo pasa muy mal. Javier no pasa de este verano. Su enfermedad progresa de una forma alarmante. Aún si tuviera hijos…

Kaden apareció en la cocina y se acercó a Beatriz Marín.

—Hola, madrina.

—Ah, hola, Kaden. ¿Cómo anda tu trabajo?

—Por suerte lo tengo, que eso es tener ya mucha suerte —dijo Kaden, haciéndose cargo de la cesta del pan que le entregaba Beatriz—. Dado como está el asunto de los empleos, es de ventura tener uno, y además tenerlo seguro.

—Vamos a comer. Le estaba contando a Nita lo difícil que es consolar a Sara. Me la encuentro cada tarde en la parroquia. Es tremendo ver sufrir así a un ser querido. Cuando pienso en la amargura de Sara, que crece día a día, me digo que tuvimos mucha suerte de que mi marido se muriese de súbito.

Se sentaron los tres.

Formaban una gran familia. Kaden pensaba que las quería muchísimo. Su madrina era una gran dama, silenciosa, resignada. Nunca, pasaran o no pasaran los años, podría él olvidar su figura delgada, inclinada sobre la labor de punto diminuta, que luego llevaba a una boutique infantil.

Él pensaba todos los días decirle aquello que tenía en mente. Pero no sabía cómo abordarlo sin ofender. Sin embargo, un día que estuviera solo con Beatriz, se lo tenía que decir. Prefería que Nita no se hallara presente. A fin de cuentas, él tenía dos opciones. Pagar su manutención o irse de la casa y vivir solo.

La última idea le aterraba. No estaba seguro de poder vivir sin aquellas dos personas que formaban su núcleo familiar desde diez años antes.

¿Cómo era Nita cuando él llegó? Ah, sí, una chica de doce años, espigada, de coletas y aún de calcetines cortos. Pero muy crecida. Ya tenía sus ojos pardos enormes, sus cabellos rubios leonados, su figura esbelta.

Después se fue formando.

Día a día.

La conversación durante la comida fue como casi siempre, afable y cordial, casi intimista. Beatriz nunca lamentaba ya la pérdida de su marido. Pero Kaden y Nita sabían que la llevaba dentro, que jamás se consolaría.

Por la noche era Nita la que recogía, mientras Kaden y su madrina se iban al living a ver la televisión.

Y mientras comentaban lo que ocurría en la ventanita tonta, Beatriz tejía. Hacía chaquetitas, zapatitos, patucos para una boutique infantil. Era pura artesanía. Las vendía muy caras, pero es que eran prendas primorosas. Con eso, la paga que le quedó de su marido, el militar de alta graduación, y el producto de unos dineros depositados en el banco y unas rentas de una finca que poseían en Extremadura, iban viviendo bien.

Aquella noche, Nita se retiró tan pronto recogió la cocina. Deseaba volver a leer la carta.

¿De Felipe Terrol?

No, no. Felipe no tenía pelos en la lengua, la abordaba siempre que podía, y podía casi a diario. Nita pensaba que si Felipe fuera menos audaz y más comedido, igual se iba enamorando de él. Pero Felipe era un tipo campanudo, muy franco, muy lanzado. Decía que estaba enamorado de ella. Igual era verdad, pero a ella el amor de Felipe no la emocionaba. Y no la emocionaba porque era dos años mayor que ella y lo vio siempre en la escalera. Es decir, que fueron vecinos de toda la vida, al menos desde que ella recordaba.

Sola en su cuarto leía la carta una vez más con ansiedad. No es que ella fuera tan impresionable, pero… una carta de amor de un desconocido no se recibe todos los días, y al fin y al cabo ella en el fondo era una sentimental. Una sensible, si las había. Se durmió con la carta en la mano. Y cuando despertó, por la mañana, dio un salto.

Ya sentía la voz de su madre hablando con Kaden. Miró la hora. Suponía que Kaden se iría a su estudio y que su madre le despedía.

Se fue al baño a toda prisa, después de ocultar la carta en un cofre de madera que después cerró con llave.

Cuando apareció en la cocina ya tenía el zumo listo y el café caliente, las tostadas recién hechas.

—Se me han pegado las sábanas, mamá.

—Anda, es igual. Después te vas al supermercado.

—Estoy lista en media hora —dijo Nita, algo acelerada. Y es que desde el momento de leer aquella carta, todo la sobresaltaba.

# 3

Sonia no reía. No había sarcasmo en su mirada oscura. Al fin y al cabo, era sensible y romántica. ¿Por qué no? La juventud presumía de todo lo contrario, pero en el fondo nadie dejaba de ser romántico en ciertos momentos de la vida.

Sonia pensaba que no tenía por qué disimular con Nita, su amiga de toda la vida. Juntas fueron al parvulario, y más tarde a la escuela primaria, y en seguida al colegio de monjas, donde terminaron el bachillerato. Tanto Sonia como Nita pensaron al principio hacer una carrera universitaria, pero, al final, Sonia se colocó, y Nita empezó, con la misma Sonia, a asistir a la escuela de idiomas.

Sin embargo ella, Nita, no tenía muy claro lo de colocarse. Le gustaba el hogar y ayudaba a su madre. Carecían de asistenta o limpiadora. Por la mañana, las dos hacían la limpieza. Después,

Nita se iba a la compra. La madre se iniciaba en la comida de cada día.

Sonia, en cambio, decidió ganar dinero. Se colocó en una agencia. Tenían la misma edad y muchos amigos, pero no novio.

—Es preciosa —ponderó Sonia, soñadora—. ¿Y no tienes idea de quién sea el autor?

—Nada.

—¿Felipe?

—Qué va —refutó Nita, mientras, una al lado de la otra, retornaban a casa después de la hora de clase en la academia de idiomas—. Felipe no tiene pelos en la lengua. Me declara su amor cada vez que me ve, y me ve por lo menos dos veces al día. Además no considero a Felipe capaz de hilvanar dos frases románticas escritas.

—No te gusta nada —sonrió Sonia, sin preguntar.

—Es un buen amigo. Me divierte oírle. Lo paso bien cuando se pone a contarme sus cosas en el portal o en el ascensor. Pero, de eso, a enamorarme... Oye, Sonia, yo creo que eso del amor entra de súbito.

—No —dijo Sonia, sacudiendo su negra y abundante melena—. No creas que entra de súbito. A veces tienes un amigo, y poco a poco le vas tomando afecto. Otra clase de afecto, pero sin dejar por eso la belleza de la amistad. Yo ando bastante colada por Pedro, tú lo sabes. Somos muy amigos. Estamos todo el día juntos en la agencia, pero yo sé que él tiene un medio romance y que yo cuento tan sólo en su vida amistosa. Es un amor platónico. Pero no desespero de que un día él se percate de que a mi lado está mejor que con esa novia que tiene ahora.

—Pienso —dijo Nita, reflexiva— que somos algo atrasadas. Un poco estrechas. Nuestras amigas se lo pasan mejor. Ya ves lo que hizo Marisa el otro día.

Sonia se revolvió inquieta.

—Yo jamás engañaría así a mi madre, Nita. ¿Lo harías tú?

—Claro que no. Pero sigo pensando si somos mejor o peor. No te olvides que, tal como están las cosas ahora entre la juventud, las madres tendrían que conocer mejor a sus hijas. Marisa le dijo a su madre que se iba a pasar la Semana Santa con sus amigas. Y no era cierto. Se fue con su novio a un hotel.

—O la madre es tonta, o se lo hace.

—No, Sonia, no. O tiene un alto concepto de su hija.

—Bueno, mira, cada cual es cada cual. No me interesa juzgar a los demás. De momento, yo prefiero ser sincera. Y estábamos hablando del contenido de esa carta. ¿Se la has enseñado a Kaden?

—Claro.

—Se habrá reído.

—No se atrevió a tanto, aunque sí animó su sonrisa sarcástica.

—¿Piensas recibir más, Nita?

—Pensemos qué amigos tenemos capaces de escribir una carta así.

—Yo creo que ninguno —reflexionó Nita, acercándose cada vez más a la calle donde vivía—. Carlos es tan inmaduro que escribir una carta así le costaría un triunfo, y jamás sería una carta tan sensitiva. Miguel es todo lo contrario de un romántico. Le persigue la obsesión sexual; y anda todo el día pensando en cuándo se va a acostar con una de nosotras. Samuel Montes es un esquizofrénico; ya sabes que se pasa todo el día presumiendo de sus conquistas. No, no conozco a nadie capaz de escribir con el corazón.

Sonia dijo con lentitud:

—¿Y si la ha copiado de algún libro de cartas de amor? Se venden esos libros, Nita.

—Vamos a tomar algo a la cafetería —dijo Nita— y la volvemos a leer. Verás que en modo alguno nos parece una carta copiada. Yo diría que la dictó un sentimiento muy profundo.

Empezaba el verano. El calor apretaba en la ciudad costera. Gracias a la brisa marinera, las tardes eran más soportables. Pronto, pensaban las dos amigas, podrían irse a la playa. Les encantaba la arena, el sol y los baños de mar. A veces, en verano, solían ir los días festivos a una piscina pública. Allí se pasaban el día tiradas al sol entre sus amigos, alimentándose de un bocadillo y bebiendo cervezas.

Las dos tenían fama de serias, de esas chicas formalísimas que no admitían aventuras pasajeras, si bien sí que eran muy amigas de sus amigos.

—Yo —dijo Nita con una vocecilla emocionada, después de guardar la carta en el bolsillo de su falda de estambre de un rojo vivo—, me gustaría enamorarme como dice X que está enamorado de mí. ¿Tú crees que puede ser cierto que te ame una persona que ni siquiera conoces?

—Será mejor —opinó Sonia— que recibas la siguiente. Tal vez no recibas más, pese a lo que dice de que te seguirá escribiendo.

—Me dará pena, ya ves.

Pero recibió más. Durante el mes, cada lunes la carta se hallaba en el buzón. Y Nita empezó a inquietarse mucho.

—Es de una pesadez insoportable —le dijo Kaden, el día que le enseñó la cuarta—. O es una broma o se divierte así. De cualquier modo que sea, yo, en tu lugar, ni volvería a leerlas. ¿Por qué no las rompes? Te está preocupando demasiado; incluso obsesionando.

Nita se sintió casi ofendida. Decidió que no le enseñaría más cartas a Kaden. Al fin y al cabo, Kaden era un tipo poco emocional. Demasiado realista. Claro que se podía ser realista y a la vez sentimental, pero es que ella, con apreciar tanto a su pariente, maldito si lo consideraba en modo alguno sentimental. No era emotivo. Kaden estudió como un loco para aparejador, y una vez colocado en un estudio de arquitectos constructores, se dedicó a eso, y si bien tenía una amiga llamada Berta Ril, no parecía deseoso de dejar su soltería cómoda y egoísta.

—Te faltan sentimientos para apreciar esto —dijo Nita tras escuchar a Kaden con disgusto.

—Perdona. Te aconsejo que te tomes a broma todo este juego. Igual la persona que te escribe está riéndose de ti a tus espaldas y observando, divertido, tu flaqueza.

Cuando le contó a Sonia la opinión de Kaden, aún añadió:

—No le enseño nada más.

—Kaden te quiere mucho, Nita. Por ello no te dice nada que no sienta.

—Pero es frío, y cosas así le causan risa. A mí me emocionan. Cada día, los lunes, espero esta carta… Mira la última. Escucha…

Se hallaban las dos sentadas ante la playa. En un banco de madera entre el muro que separaba la arena del paseo marítimo.

La gente ya empezaba a vestir de verano. Las cafeterías y pubs en torno al muro estaban abiertas y había sillas y mesas en las terrazas.

Los veraneantes buscaban la sombra bajo las sombrillas de colores.

Muy juntas, sentadas en un banco de madera, unían sus cabezas para leer la última carta. Nita dijo a media voz:

—Asegura que me ve a diario. Sonia, me mueve la emoción, aunque me niegue a admitirlo. Por eso me dio tanta rabia que Kaden se riese de mí y de la carta en cuestión. Escucha, te la voy a leer:

* * *

«Mi Nita querida: Espío tu salida de la academia. Esta semana, el jueves concretamente, vestías un pantalón blanco, de ésos que parecen vaqueros, aunque no lo sean. Muchos pespuntes, cremalleras. Una camisa roja te cubría el busto. Llevabas el pelo rubio recogido. Me gustas más con la melena suelta. Estás muy morena, Nita. También sé que tomas el sol. Os veo a ti y a tu amiga Sonia correr hacia la esquina de la playa con el bocadillo y la cesta de baño. Sonia ya tiene jornada intensiva y a las dos tú la vas a buscar a la agencia. Os sigo, sí. Esta semana te pusiste por primera vez el bikini. Era amarillo, y la morenura de tu piel resaltaba. No es un sentimiento pasajero, Nita. Y si no me acerco es porque... nada me abrumaría más que tu burla, tu risa. No, si ya sé que no eres bromista ni burlona y que sabes respetar al prójimo y sus debilidades, pero... Yo no soy apolíneo, Nita. Ni siquiera interesante. Soy un chico del montón. Sólo que sueño con una chica como tú y la adoro en silencio y me imagino casado con ella, paseando en auto o a pie con un hijito entre los dos. Ya sé que soy como un payaso. Pero ¿puede evitarse sentir esto cuando está arraigado dentro de uno? No soy capaz de superarlo. Lucho, no creas. Pero luego me voy a casa, me tiendo en mi lecho solitario y sueño. Sí, sí, sueño. ¿Por qué no he de soñar? No todo es materia en esta puerca vida. También hay espíritu, digo yo. Tengo de ambas cosas. Porque cuando sueño contigo no te veo sólo con manto celestial. Te veo como mujer, con tu boca de beso, tus ojos de luz, tus senos palpitantes. Te deseo, a la vez que te amo, Nita. Y perdona mi dureza. ¿Pueden ocultarse estos sentimientos? Soy sensible en extremo, pero también soy de carne y hueso, y la materia siente de un modo y la sensibilidad de otro. Puede ser que se deba a que mi vida no ha sido brillante. Estuve siempre como algo encogido en mí mismo. Me considero audaz a solas. Me digo que voy a confesarte esto y aquello. Pero después, cuando te veo, me inunda una terrible vergüenza. Ya sé que los hombres así no gustan a las chicas de hoy, pero, ¿qué puedo hacer para remediar mi, digamos, enfermedad psíquica?

Te seguiré escribiendo. No puedo dejar ya esta máquina de la cual extraigo, junto con mi imaginación, cuanto te quisiera decir personalmente. Pero se me pone un nudo en la garganta, un calambre en los pies y una cerradura en la boca. Así ando por la vida. Perdido entre mis perversidades y mis espiritualidades. Nita querida. Mi Nita querida, hasta la semana próxima. Me voy a mi cuarto a soñar contigo.»

Hubo un silencio que ninguna de las dos se atrevió a interrumpir. Nita dobló la carta con cuidado y la metió en la cesta de paja, bajo la toalla y el bikini. Sonia encendió un cigarrillo y fumó a borbotones.

—Dame uno —siseó Nita.

Y, mudamente, Sonia le alargó la cajetilla.

—Es preciosa —ponderó Sonia, atragantada—. Cartas que no escriben los chicos de hoy. No puede ser una broma, Nita. En modo alguno puede escribir eso un hombre que pretende tomarte el pelo.

—Por eso no le daré ninguna más a leer a Kaden.

En aquel momento, Kaden quería decirle algo a Bea, a solas. La apreciaba tanto como si fuera su madre, pero… bien sabía que no lo era, pese al papel que hizo de tal durante diez años.

Prefería que Nita no estuviera cuando él abordara aquel tema. Y no era porque Nita no entendiese o pensase él que no entendía. Era porque quizá Nita saltara en contra cuando sacara a colación aquel tema que le estaba calentando el cerebro hacía mucho tiempo.

—¿No sales, Kaden? —preguntó Beatriz al verlo sentarse no lejos de ella y encender un cigarrillo—. Es cómoda la jornada intensiva, ¿verdad?

—Sí que lo es, aunque tenga que madrugar. Pero yo prefiero madrugar. He venido a ponerme el chandal. Tengo reservada la cancha de tenis en el club social para las siete, y es pronto aún.

—Nita se fue a las dos con su bocadillo. Supongo que ella y Sonia no retornarán hasta la noche.

—Yo quería hablarte, madrina.

Bea levantó vivamente la cabeza.

Dejó la primorosa labor en el regazo, sobre el inmaculado paño que la protegía del polvo y miró fijamente a su pariente.

—¿Sucede algo, Kaden?

—Bueno, pienso que siempre suceden cosas, pero algunas más importantes que otras. Llevo diez años en tu casa, madrina.

La dama dijo con dulzura:

—Me gusta cuando me llamas madrina, Kaden. Tengo la sensación de que tienes diecisiete años y apareces por aquí con tu sana y noble adolescencia. Cuando me llamas Bea me veo extraña, Kaden. Me entra la sensación de que nada nos une, de que el afecto fue, dígase así, una sombra sin importancia.

—Rara vez —apuntó Kaden, algo cortado— te llamo Bea.

—Dime, Kaden, ¿qué querías decirme?

—No sé cómo enfocarlo. No me gustaría que lo tomaras a mal, madrina. Tú sabes que te considero como mi madre.

—Además de ser prima segunda de Irene, tu difunta madre, fui su mejor amiga, Kaden. Nos entendíamos muy bien. Nunca nos ocultamos nada. Quizá por eso ella tenía aquel testamento escrito donde me nombraba tu tutora en el supuesto de que un día le ocurriera algo. Cuando ocurrió, me sentí obligada por el afecto y por el deber, Kaden. Me resultó maravilloso comprobar lo bien que te habían educado, lo estudioso que eras. Estabas muy solo, Kaden. Mi marido me decía: «Es como si recibieras al hijo que no hemos podido tener, Bea». Y fue así en realidad; tú bien lo sabes.

Kaden se levantó.

Costaba abordar aquel tema. Y si lo hacía no era por él, que vivía así muy a gusto, pero la situación se hacía insostenible. Aun si Bea, su madrina, aceptara un dinero. Pero, ¿quién se atrevía a decírselo?

—¿Es que te marchas sin decirme lo que deseabas, Kaden?

Éste se sentó de nuevo.

—No, no —dijo.

Y juntó las manos entre las rodillas, apretando éstas.

## 4

—Verás, madrina —titubeaba—, es que yo antes estudiaba, no tenía empleo. Habéis gastado
conmigo un dinero que era de vuestra hija.

Bea alzó vivamente la cabeza.

—¿Qué dices, Kaden? —se lamentó—. Nosotros no gastamos nada. Tus padres habían dejado un dinero, y mi marido, mientras vivió, lo
administró bien.

—No nos engañemos —apuntó Kaden, algo
sofocado—. Un dinero contado se termina pronto. Yo jamás hubiera podido estudiar con aquel
dinero; eso también lo sabes tú.

—Oye —y aquí casi se enojaba la dama—, todo lo que hayamos empleado en ti, que no fue
mucho, estuvo bien empleado. ¿Por qué hemos
de hablar ahora de eso? Cuando fui requerida al
depósito de cadáveres donde tus padres estaban
muertos, tú estabas allí, y sin siquiera conocer el

testamento de ellos, tanto mi marido como yo te invitamos a compartir nuestra vida. Kaden, no me saques ahora a relucir el pasado. Fue lamentable por la desgracia que sufrieron tus padres juntos, en plena carretera. Pero, afortunado en cuanto a ti que perdías un hogar y hallabas otro. Fue grande el afecto que a mí me unió a tu madre y el que unía a mi marido con tu padre, Kaden. Por tanto, todo lo que hayamos hecho, estábamos, por afecto y por deber, obligados a hacerlo.

—Y yo lo agradezco inmensamente, pero ahora ya tengo veintiséis años, a punto de cumplir uno más. Trabajo, gano dinero. Sin embargo, sigo aquí.

Bea dobló el paño blanco sobre la primorosa labor.

—Kaden —dijo, y su voz era casi lastimera—, ¿es que te casas? Nita dice que sales con una chica.

Kaden agitó la mano en el aire.

—No, no, madrina. No me caso. No soy de los que se casan así, de súbito. Ni creo que la chica con la cual salgo sea mi futura mujer. Es que tengo dos opciones. O me voy a vivir solo, por mi cuenta, o…

Se quedó así, mirando a la dama, que interrogaba en silencio.

—Kaden, ¿por qué?

—Verás, no sé cómo decírtelo. Me gustaría que no me censuraras ni me consideraras desagradecido. Siempre consideré esta casa como la mía propia, pero...

—Pero prefieres tener la tuya.

—No —se agitó Kaden—; tampoco es eso, madrina. Nada de eso. Me habéis ayudado, me habéis dado afecto todos, desde tu marido hasta Nita. Pero ahora ya soy un hombre, un hombre, además, responsable... Gano dinero, y no gano poco. Tengo empleo fijo, seguir pesando sobre ti me parece un abuso deshonesto.

—¿Qué dices?

—Madrina, entiéndeme. Yo no voy a estar en ningún sitio como en esta casa, pero a ti no te lo regalan. Trabajas a diario. Yo te veo con esas labores. La vida cuesta mucho más que hace diez años. Cada vez es más cara, es más difícil afrontarla. Nita prefiere el hogar: no le gusta trabajar fuera. Cada cual es cada cual, y a mí me parece bien que Nita prefiera el hogar, las labores de casa y su responsabilidad como futura esposa y madre. Porque Nita nació para casarse, y será una excelente esposa y una excelente madre, sin perder su actualidad de hoy, sin dejar de ser una mujer de hoy. No sé por qué saco a colación los deseos de Nita, pero es que pretendo justificar mi situación ante ti.

—Es que sigo sin entenderte, Kaden.

El aludido volvió a levantarse. Miraba a la dama desde su altura.

Era un chico muy agradable, sano, saludable. Ningún adonis, ni siquiera interesante. Pasaba por anodino, como mil hombres más. Pero Bea sabía que era un gran hombre y que en su día sería un padre de familia fabuloso y un marido afectuoso y con plena dedicación a los suyos.

Ella le tomó afectó antes de morir los padres, y más aún después, cuando lo consideró un hijo más. A la sazón temía cada día que Kaden le diera la noticia de su boda, pues bien sabía que un chico que vivió sin padres desea formar cuanto antes su propio hogar. Claro que tenía todo el derecho del mundo, y aunque a ella le doliera perderlo, siempre cabía la esperanza de que, en vez de perder a Kaden, ganara el amor de su esposa.

Además tenía todo el derecho del mundo a ser feliz. Por otra parte, Kaden no era el clásico frívolo, aventurero o mujeriego. De buenas costumbres, afectuoso y sensible, aunque cerebral y frío, para ella era el hijo que nunca tuvo.

—Siéntate, Kaden. Verte así de pie me da la sensación de que quieres ser un extraño en la que fue siempre tu casa.

Kaden, dentro de su pantalón azul de mahón, camisa blanca de manga corta y suéter azul de punto, que ella tejió aquel mismo invierno, atado al cuello, parecía más joven. Tenía aire juvenil, aunque preocupado y muy maduro en aquel momento por la expresión de su rostro y el mirar fijo de sus ojos canela.

—Madrina, no sé aún cómo abordar lo que deseo decirte, y voy a ser algo duro. Lo siento, pero debo serlo para que entiendas mejor mi determinación. Gano dinero y lo estoy ahorrando. No me cobras por la comida ni por todos los enormes y cuantiosos cuidados que me prodigas.

—Soy tu madre, Kaden —le cortó Bea.

—No lo eres, lo sabemos los dos. Y no tengo derecho a comer de tu pan sin poner mi panecillo.

Ya estaba dicho.

Bea no parpadeó. Pero sí le miró con inmensa ternura.

—No quiero ofenderte, madrina. No sería capaz en mi vida… Perdona que haya sido duro y crudo en mi expresión, pero, ¿qué derecho tengo a vivir de tu dinero, cuando yo gano el mío con facilidad?

—Era eso lo que pretendías decirme, Kaden —dijo la dama sin preguntar.

Kaden respiró hondo.

—Sí, madrina. Yo estoy feliz en tu casa, me costaría una barbaridad irme de ella si no fuese para casarme. No tengo interés alguno en vivir solo. Nada oculto, nada fraguo. Me gusta vuestra compañía. Me encanta cada noche hacer tertulia con vosotras, contaros cómo me van las cosas. Pero no soy capaz ya de guardar silencio por más tiempo sin asumir mis responsabilidades. Quiero contribuir al mantenimiento de la casa. No me interesa guardar todo el dinero que gano. No soy avaricioso ni tan egoísta.

—Kaden, si por eso es, si pese a todo no te vas a casar ni tienes interés en vivir solo, sea lo que tú dices. Todo, antes de que te sientas incómodo. Al fin y al cabo, yo te entiendo, y quizá en tu lugar hubiera querido contribuir. Yo hubiese seguido así feliz toda mi vida, pero, si ello te causa pesar, si te consideras infeliz, si te sientes atosigado, da una cantidad. Todo, antes de que te vayas a vivir solo, si no es tu deseo verdadero.

Kaden se levantó y reverencioso se inclinó hacia la dama estampando un beso en su mejilla.

—Gracias por tu comprensión, madrina.

—Tengo que aceptarte como eres, Kaden. No podría dejar de comprenderte.

—Es que yo, madrina, llevo más de dos años, desde que me coloqué, deseando decirte esto. He intentado hacerlo. Comprende. Me sentía como de prestado. Una cosa es cuando no tienes nada, cuando dependes de los demás. Pero cuando ganas dinero y el sueldo supone más que el que hay en casa... Entiendes, ¿verdad?

—Sí, Kaden, sí. Me emociona tu sensibilidad, tu miramiento, tu forma delicada de ser.

—No quisiera irme de tu casa, madrina. Estoy a gusto en ella. Os amo a las dos por igual. Pero...

—Un día te casarás, Kaden, y además es lógico que lo hagas.

—Sí, sí. Soy casero. No estoy en contra del matrimonio. En ese sentido soy tradicional. No reaccionario, pero sí dentro de las reglas más burguesas y tradicionales. No soportaría vivir emancipado, sin el derecho que tienen los hijos al nombre de su padre y de su madre. Pero no me ha llegado el momento. Mis padres fueron felices. Los recuerdo compenetrados, dichosos al máximo. Después vine a dar a tu casa, y os vi a ti y a tu marido. Tengo ejemplos sólidos para creer que la felicidad existe en la pareja, si la pareja sabe buscar y hacer por ella cuando la encuentra.

—Me estás emocionando, Kaden. Mira la hora que es —sonrió aún tibiamente—. Si tienes cancha para las siete, te falta poco.

—¿Sabes? Un día de éstos me compraré un auto. Y te llevaré en él de paseo.

—Anda, anda, que vas a llegar tarde.

Kaden la besó fervoroso y salió a toda prisa hacia su cuarto, donde se puso el chandal, y con la bolsa de deporte se fue corriendo.

Aún sonreía Bea Marín cuando Nita entró en el living.

—¿Qué te pasa, mamá?

Se lo contó.

Todo, sin omitir detalle.

—Pensé —terminó diciendo— que me iba a dar la noticia de su boda con esa chica con que dices que anda.

Nita rompió a reír.

—Mamá, eres muy egoísta. Algún día, Kaden te dirá que se casa, y es lógico. Va teniendo edad.

—Y me alegraré, Nita. Claro que me alegraré, pero… entretanto no lo haga, prefiero saber que vive en nuestra casa. Es un chico estupendo. He aceptado su ayuda económica. ¿Por qué no? Todos construimos. Yo con mi trabajo; tú, cuidando la casa. Él, aportando su porqué. Es mejor la sinceridad, Nita. ¿No te parece?

—Sí, mamá.

—¿Es que te vas?

—A mi cuarto. Me voy a poner cómoda.

Pero no iba a eso tan sólo. Iba a leer de nuevo la última carta y unirla a las cuatro que ya coleccionaba en su poder.

No lo podía remediar. Le emocionaba aquel contenido, tanto que jamás volvería a compartirlas con Kaden. Era muy bueno Kaden, muy familiar, pero nunca podría entender un amor por carta, un amor romántico tan encendido.

Tanto es así, que al cabo de dos semanas, Kaden le dijo:

—Oye, Nita, ¿qué pasa con las cartas anónimas?

Y ella respondió casi secamente:

—Son mías.

—Vaya, mujer, yo pensé…

—Pues no te leeré más, porque me descompone que una cosa tan emotiva despierte tu mofa.

Kaden se limitó a mirarla con la ceja alzada.

## 5

«Mi Nita querida: Hoy estuve en la playa tendido cerca de ti. No me has visto. Se movía demasiada gente en torno a nosotros, a tantos que tomaban el sol sobre la caldeada arena. Estuve tentado de acercarme a ofrecerte lumbre cuando buscabas el mechero en la bolsa de paja que situabas a tu lado. Pero tuve miedo. No creas que yo soy miedoso, porque te equivocarías. Lo que pasa es que me roe el temor a que me mires desdeñosa, que sonrías con sarcasmo, que veas en mis ojos que soy el autor de las cartas. Cuando uno hace algo que sabe él solo, siempre teme que los demás entren en su secreto; además cree que penetran hasta el infinito, y eso ruboriza, mengua, atemoriza, porque, según quien sea, porque no todo el mundo es considerado, sabe disculpar y comprender. No sé por qué digo todo esto, pues bien sé que tú no eres sarcástica ni irónica, y que, en cambio, eres una gran chica. Verás, Nita querida, no pienses que soy un soñador empedernido ni un tipo sentimentaloide. En realidad soy un chico corriente. Trabajo, me siento solo. No soy tampoco tan tímido, lo que ocurre es que cuando amas tanto, siempre te anima el horror de una burla. Y si bien tú no eres de ésas, ¿quién me asegura que el contenido de estas cartas no provoca tu media sonrisa de desdén? Uno siempre teme cosas así, y cuando se tiene orgullo y se ama tanto, corre el peligro de no ser comprendido. Te decía que estuve junto a ti y pude verte bien. Tienes los ojos pardos más hermosos del mundo, más misteriosos, más electrizantes. Su claro color me parece como el agua en la roca, son glaucos y parecen ocultar mil emociones. Como tus labios, Nita. No sé si sabes besar, pero yo te hubiera enseñado estremecido de emoción. Perdona que te diga las cosas así, pero no creas que porque te las digo soy morboso. Pienso que lo espiritualizo todo desde mi dimensión emocional, pero al mismo tiempo, como te decía en una carta anterior, también todo lo materializo. Soy quizá un poco complejo y hasta contradictorio a veces. Pero soy así; no lo puedo evitar. Me gustaría tener valor, fuerza, para enfrentarme a mi propia realidad y poder decirte abiertamente lo mucho que te necesito. Lo mucho que cada día te deseo. Lo mucho que sueño solo, y si te digo mis sueños casi te pareceré irreverente. Porque mis sueños están, diría, cargados de sensibilidad y, a la vez, de ansiedad física. Piso tierra firme, pese a escribir estas cartas, que a veces pecan de cursis, pero yo te aseguro que no soy cursi ni un vago, soñador. Sueño, sí, pero no extralimito esos sueños, ni me ciño a ellos absolutamente, porque soy de carne y hueso, y al palparme siento la sensación de que cada día estoy más vivo y soy más humano para adorarte. Fui feliz tendido a tu lado sin que repararas en mí. Estabas sola; esta tarde faltaba tu amiga Sonia. También vi a tu pariente. Sí, sí, sé casi todo de ti. Ese aparejador llamado Kaden que, según tengo entendido, responde al verdadero nombre de Claudio, pero que casi nadie conoce dicho nombre, porque toda la vida le llamasteis Kaden. Sea como sea, me parece una persona respetable. Y según tengo entendido, tus padres le ofrecieron su hogar cuando él quedó huérfano hace diez años. Al fin y al cabo, ésta no es una gran capital, y todos o casi todos los que viven en cierto ambiente social concreto se conocen de sobra. Por eso yo conozco la situación de ese joven llamado Kaden, en tu casa y sé que le quieres como si fuera tu hermano. Cuando llegó dando un paseo y te vio, se sentó junto a ti en la arena. No pude oír lo que hablabais, pero sí observé que después te ponías tu bata de flores y os ibais juntos playa abajo hacia un chiringuito donde os sentasteis a tomar un refresco. Después tú te fuiste y él se quedó. Yo también permanecí en la arena, tendido en ella, sintiendo en mi cara el calor de los granitos diminutos que se pegaban en mi piel rasurada. Mis ojos te siguieron hasta que te perdiste en las escaleras y te difuminaste entre los transeúntes que bajaban por el paseo marítimo. Hasta el próximo lunes, Nita, mi Nita querida. X.»

—¿Me la dejas?

Nita alzó vivamente la cabeza.

—Kaden —exclamó—, ¿de dónde sales?

Kaden esbozó una tibia sonrisa y se sentó enfrente de ella.

—Acabo de llegar. Estabas tan entretenida leyendo que no te percataste de que entraba ni de que te miraba desde el umbral. Hace más de dos meses que no me enseñas una de esas cartas. Es más, pensé que el anónimo enamorado ya se había cansado de enviártelas.

—La he recibido —decía Nita, algo atragantada— cuando retornaba a casa. Todos los lunes la encuentro en el buzón.

—¿Viene por correo o la meten en el buzón personalmente?

—Viene por correo —murmuró Nita, dando vueltas al sobre entre sus manos—. La deposita el sábado en correos. Mira.

—¿Puedo leerla?

—Kaden, a ti te causa risa.

—Me temo que a ti te están impresionando demasiado, Nita —dijo Kaden, pensativamente, asiendo con cuidado el pliego de la carta sin que la joven se la negara—. No comprendo —añadió con suavidad— por qué ese desconocido no da la cara. ¿Me dejas leerla?

—Ya lo estás haciendo, Kaden. Y, por favor, no te mofes.

—Al principio te causaban risa, Nita. Me parece que ya las esperas con verdadera ansiedad, y no sé si eso es bueno. No creas que me causan mofa, aunque sí preocupación por ti. Las personas deben ser más sencillas para confesar sus sentimientos. Más directas, menos controvertidas. Veamos, Nita. La voy a leer —y lo hizo sin ironía, en silencio, más bien preocupado—. Toma, Nita —añadió entregándosela—. Seguro que las tienes atadas con una cinta, como hacían las damitas de antaño.

—Después dices que no te mofas.

Kaden estaba gravemente serio.

—En modo alguno me mofo, pero sí me preocupo. ¿Le has hablado a tu madre de ellas?

—No, no podría. Mamá no entendería mis emociones íntimas referentes al contenido de estas cartas. Ella ha amado mucho, pero de otro modo. Tampoco sé ya si me interesa que las conozca

Sonia. Dos, tres cartas pueden significar un entretenimiento. Pero tantas, ya son preocupantes. Sonia empieza a pensar que me estoy obsesionando.

Kaden se inclinó hacia adelante y miró a Nita con fijeza.

—Y Sonia tiene razón, Nita. Y yo tengo razón, y cualquiera que conozca la situación tiene razón. Te estás obsesionando. Te estás enamorando de algo que es puro papel. Ni siquiera usa su letra, sino que busca el molde de la máquina de escribir, lo cual no me parece ético ni correcto. ¿Sabes lo que te aconsejaría? Y tú sabes que te aprecio como si fueras mi hermana. Te aconsejaría echarte un novio, guardar las cartas sin abrir, y un día, cuando te enamores de verdad de un ser de carne y hueso, tirarlas todas al fuego.

—Pero es que no puedo, Kaden —casi sollozaba Nita—. Ten en cuenta que salgo con amigos, que frecuento su amistad, que voy a bailar con ellos a las discotecas, que a veces nos perdemos por vericuetos, montes y acantilados en pandilla. Todos sienten hacia mí un gran respeto, pero, aun así, me declaran su amor. Pero yo no siento nada especial por ninguno. No me gustan como futuros novios, sino sólo como amigos.

—¿Has pensado si será Felipe el autor de esta pesada broma?

—Tú sigues suponiendo que es broma.

—Quiero suponerlo, Nita, y es que está perturbando tu vida anímica, lo cual me llena de coraje —de súbito guardó silencio y miró en torno—. No está madrina, ¿verdad?

—No. Parece que se ha ido al hospital con Sara, a ver a no sé qué enfermo amigo. Y después se irá a la novena sin pasar por casa.

—No quieres que tu madre conozca ese episodio epistolar de tu vida, ¿verdad?

—Me da vergüenza.

—Es lógico. Mira, Nita, si yo estuviera en tu lugar, buscaría de entretenerme con Felipe, con Carlos, con Samuel. Cualquier amigo es bueno cuando uno necesita salir de un círculo vicioso. Yo mismo, si quieres, te puedo acompañar alguna vez a bailes o fiestas. Pero lo que precisas es entretenerte. Y si tanto sabe de ti, pues que te vea con tus amigos, conmigo, con quien sea. Que se olvide de su maldita manía de perturbarte.

Nita se levantó.

Vestía una falda de vuelo de colores y una blusa haciendo juego. Llevaba el precioso y abundante cabello rubio atado tras la nuca, como en una cola de caballo, despejando el óvalo perfecto de su cara de rasgos exóticos. Sobre las sandalias de medio tacón, de dos tiras cruzadas, aún parecía más juvenil, pero en el fondo de su mirada glauca parecía escurrirse una inquietud.

—Felipe es muy extrovertido, de modo que, si fuera él —decía—, yo se lo notaría.

—¿Por qué no pruebas a salir con él, como te pide, Nita? Uno empieza de broma y termina en serio. Suele ocurrir, y tú necesitas tener experiencia. Te la proporcionará Felipe, o Perico de los Palotes, poco importa. El caso es que aprendas a pisar tierra firme.

De momento no aceptó el consejo.

Dejó a Kaden solo en el living y se fue a su cuarto a leer de nuevo la carta.

Se sentía un poco aislada, porque Sonia se había ido de vacaciones con su familia a un pueblecito del cual era oriunda la madre, y no se integraba tanto en la pandilla de sus amigos.

Aquellos días de verano se iba a la playa a las doce y no retornaba a casa hasta casi la noche.

La verdad es que todo la inquietaba, la sensibilizaba al máximo. Había días que se los pasaba mirando aquí y allí, buscando la silueta del desconocido, que a través de las cartas le era casi familiar.

Porque las cartas seguían llegando. Cada lunes ella perdía ansiosa la mano en el buzón y sacaba la correspondencia, buscando con afán la carta concreta. Seguían la misma tónica, si bien solía detallarle minuto a minuto todo cuanto ella hacía, lo que le indicaba que seguía sus pasos como si fuese ella misma.

Kaden, que seguía leyendo las cartas junto a ella, porque en alguien tenía Nita que confiar, solía decirle:

—Haces mal, muy mal. No vuelvas a leerlas. Te vas a volver loca.

*   *   *

—Te pasas la vida más aburrida que una ostra —le reprochó Felipe aquella mañana apareciendo de súbito en la playa, perdido en un taparrabos y tendiéndose a su lado—. Desde que Sonia se fue de veraneo, tú ni te unes a los amigos.

Nita no se movió. Boca abajo sobre una toalla, rodeada de gente, pero como si estuviera sola, apoyada la cara contra los brazos cruzados, ladeó la mirada para ver mejor a Felipe. Era un chico magnífico, bruñido por el sol. Esbelto, nada desagradable. La quería desde que los dos empezaron a perder los rasgos de la adolescencia y se topaban en la plaza o en el portal.

Pero Felipe nunca tuvo pelos en la lengua para confesarle su amor. Nita no se lo imaginaba perdiendo el tiempo sentado ante una máquina, escribiendo cartas fervorosas.

—Oye, Nita, ¿sales conmigo esta tarde? Tengo un auto. Sí, me lo compré estos días. Te diré más, cuando termine las prácticas podré quedarme en el hospital con un leve examen y ya me tienes listo para formalizar una vida en común contigo.

Nita le miraba, pensativa.

—¿Qué ves en mi rostro, Nita?

—¿Estás tan enamorado de mí como aseguras, Feli?

Él se puso muy serio.

—Te adoro. Me emociona mucho cuando puedo estar junto a ti, cuando no me echas con cajas destempladas, cuando al menos me escuchas. Tengo chicas así —y juntó los dedos—. No pienses que soy un vanidoso, pero te aseguro que intento enamorarme, olvidarte. Hacerme a la idea de que nunca te alcanzaré y que mi entusiasmo amoroso se dirija a una chica más asequible, pero todo es inútil —se arrastró hacia ella y añadió quedamente—: Prueba, Nita. Por probar, nada se pierde. Al fin y al cabo nos llevamos dos años, nos conocemos de toda la vida, pero tú nunca has permitido que me acerque a ti en plan de conquistador, me frenas nada más te miro con ansiedad.

Nita se sentó en la arena. Miraba vagamente la enorme playa que se extendía a todo lo largo de la vasta extensión.

De repente vio a Kaden tendido bajo una sombrilla junto a aquella chica llamada Berta Ril.

—¿Te has fijado? —rió Felipe, sentándose a su lado y sujetándose las piernas con ambos brazos—. Parece que nuestro amigo Kaden va en serio con mi colega.

Nita volvió la cara con presteza.

—¿Tu colega?

—Es médico y está en la plantilla del hospital, fija. En cardiología.

—No sabía que fuese médico.

—Pues sí. Y parece muy enamorada de Kaden. Es más, el otro día le gasté una broma, pues bien sabe que vivo en la misma casa que Kaden y que nos conocemos de sobra. Se puso muy seria. Berta es una persona formidable. Te aseguro que hará feliz a Kaden.

—¿Tienes un cigarrillo?

—Oh, sí. Espera. Vengo en un segundo.

Y salió corriendo hacia una caseta, en la cual entró, para salir de inmediato con un envoltorio en las manos.

Era su toalla y su ropa.

—La había dejado en la caseta de unos amigos —rio, buscando en el bolsillo de la camisa cajetilla y mechero—. Hay muchos rateros por la playa a esta hora. Aquí está la cajetilla.

Y se la alargó, sin que Nita se fijara demasiado, pues seguía mirando a Kaden, el cual, ajeno a ella, se inclinaba amoroso hacia su pareja.

Nunca se había fijado demasiado en la compañera sentimental de Kaden y lo estaba haciendo en aquel momento.

Era morena y parecía esbelta. Joven, ¿cuántos años? Quizá la edad de Kaden, o tal vez un poco menos.

—Nita —dijo Felipe, desconcertado—, que me pedías un cigarrillo.

—Ah, perdona.

Y tomó uno, que se llevó a los labios con precipitación. Felipe le ofreció lumbre. Y Nita fumó con fruición.

—Dime, Nita, ¿salimos juntos esta tarde?

—¿Te gusta escribir cartas, Felipe?

Así, de sopetón, Felipe no entendió el sentido de la pregunta.

—¿Cartas? —se asombró.

—De amor.

—¿De amor?

—Cartas amorosas —insistió Nita, impaciente—. Cartas que ni siquiera firmas.

Felipe rompió a reír.

—¿Dices anónimos? Por mil demonios que no. ¿A qué fin?

—Tienes razón.

Y, precipitada, procedió a ponerse la bata de flores sobre el bikini.

—Pero —se desconcertaba Felipe—, ¿es que te vas? ¿Es que te vas porque te estoy fastidiando yo?

No, no. Ella se iba porque de repente todo le estorbaba. Sentía frío en la nuca. Sin embargo, hacía un calor sofocante.

—Recuerdo ahora que tengo algo que hacer —mintió.

—Pero, Nita. ¿Tanto te estorbo? ¿Tanto te repugno?

No era eso. ¡Claro que no!

# 6

Lo pensó de súbito esa misma tarde. Todo iba cambiando en su vida, fuera por las cartas anónimas, fuera porque la vida se convertía en una rutina, fuera por lo que fuera, de repente le apetecía trabajar. ¿Por qué no, al fin y al cabo?

Se lo dijo a su madre, dando ambas fin a la comida de la noche en la cocina.

—Mira, mamá. Me aburro una barbaridad. Siempre quise ser ama de casa a secas, madre de familia, pero poco a poco me voy dando cuenta de que puedo serlo todo a la vez. Tengo vastos conocimientos de inglés, sé escribir a máquina, conozco la taquigrafía. Pienso que en cualquier oficina desarrollaría un trabajo adecuado a mis conocimientos.

La dama la miró pensativa.

—Estás cambiando mucho, Nita. Te noto descentrada, nerviosa. Andas siempre con cartas. Te veo sofocada. ¿Te has enamorado, Nita?

—No, no, mamá. Qué más quisiera yo. Quizá por eso prefiero trabajar, entretenerme. Ya ves Sonia, gana su dinero, se viste ella, se compra lo que le acomoda y, además, tiene un mes de permiso. En la época estival trabaja sólo por las tardes. Yo creo que podría colocarme.

—Díselo a Kaden. Él tiene muchos conocimientos y está muy bien relacionado.

No era tan fácil hablar con Kaden de aquello, y es que en aquellos últimos quince días le esquivaba. No Kaden a ella, ella a Kaden. Le parecía que, teniendo novia formal, Kaden se entretenía, perdía interés por su casa, por su madre, por las cosas que le ocurrían a ella.

Kaden le había dicho más de una vez en aquellos últimos días: «Nita, se diría que ya no eres mi amiga, que ya no me necesitas como confidente».

Sí, sí que le necesitaba. Pero… lo veía de lejos, siempre con la misma chica. De haber sido un simple romance sin futuro, cambiaría de mujer, pero aquélla, y además médico, sin duda terminaría un día cualquiera dándole una sorpresa.

—Nita, ¿en qué piensas?

Sacudió la cabeza. No pensaba en nada determinado, ni tampoco sabía, en realidad, si quería pensar. Fuera como fuera, veía a Kaden menos de su casa, menos de su intimidad.

—Se lo diré en la primera ocasión —se encontró murmurando—. Aunque lo que más me gusta es un banco, porque podré dejar el trabajo a las dos, y eso resulta cómodo, y para entrar hoy en un banco no valen recomendaciones, sino sufrir exámenes de oposiciones.

Y sin añadir más a su madre, decidió ponerse a estudiar. Lo hizo al día siguiente, de modo que se dio de baja en la academia de idiomas y se matriculó en una de banca.

Una de aquellas tardes, lunes concretamente, recibió la primera decepción. No recibió la carta.

Se hallaba aún en el living mirando al frente, preguntándose por qué, cuando sintió el llavín en la cerradura.

Era Kaden. Su madre, como cada tarde a aquella hora, se había ido con su amiga Sara a la novena.

—Te veo rara esta temporada, Nita —dijo Kaden, nada más abordar el umbral, y como si estuviera esperando la ocasión para decirle aquello—. Tal se diría que me huyes. Que ya no tienes nada que contarme.

Nita se agitó un poco.

Y nerviosamente encendió un cigarrillo, del que fumó muy aprisa.

Kaden se inclinó hacia ella afectuoso. Nita le esquivó la mirada.

—Ni me lees esas cartas tan bonitas, Nita. ¿Por qué? Me da la sensación de que ya no cuentas conmigo para nada.

Tenía razón Kaden.

La culpa, sin duda, la tenía Berta Ril. Es decir, la novia que acaparaba la atención de Kaden. Y no porque Kaden quisiera, sino porque sin darse cuenta se integraba en otra vida, en otros sentimientos. A ella le dolía. Y le dolía porque siempre ocurre así en el seno de una familia, cuando se aprecia tanto a un miembro de ella y una ve cómo se va escapando para introducirse en otro mundo, en otra vida, en sentimientos más fuertes.

—Es lunes, Nita —dijo Kaden con suavidad, una suavidad que empezaba a conmover mucho a Nita—. Enséñame la carta, anda.

Nita, a su pesar, abrió ambas manos.

—Hoy no he recibido ninguna.

—¿No?

—No.

—¿Y eso te duele tanto, Nita?

—Me..., me desconcierta.

—Tal vez es mejor que no la recibas —dijo Kaden, sentándose a su lado y asiéndole los dedos entre los suyos—. Ha sido un juego, un sueño, una ilusión. Debes aceptarlo así, Nita.

La joven miró al frente obstinada. Rescató sus dedos sin violencia, pero unió los diez con cierta precipitación.

—Me gusta hablar contigo de tus cosas, Nita —añadió Kaden con suavidad—. Es como si no perdiéramos aquel aire confidencial de hermanos que teníamos antes. ¿Recuerdas? —sonrió cautivador—. Tú tenías doce años cuando yo vine a compartir vuestro hogar. Recuerdo que aún usabas coletas. Dos gruesas coletas, y calcetines. Ibas al colegio de las monjas todos los días. Por aquel tiempo, tu padre me regaló la motocicleta y yo solía llevarte en el sillín.

¿Por qué recordaba todo aquello?

Fueron tiempos bonitos, dulces, fraternales hasta extremos subyugadores.

—No fuiste —añadió Kaden— una chica exaltada, de ésas que empiezan en seguida a hacerse mujeres, a coquetear. Siempre tan formalita, tan comedida, tan seria… Los chicos andaban tras de ti, y tú los espantabas.

Nita fumaba aprisa. No le gustaba que Kaden recordara aquellos tiempos. Es que, además, entendía que se había perdido a mitad del camino, en algún apeadero, mientras el tren seguía rodando.

Se levantó.

—Nita, estás muy disgustada, ¿verdad?

—Me gustaba el contenido de esas cartas. Me infundía ilusión —miró al frente, aún obstinada—. Lucho por enamorarme.

—Y te has enamorado de unos pliegos escritos a máquina.

—No lo sé, Kaden —su voz se perdía en vaguedad, como si todo le fuera ambiguo—. No sé siquiera si amo esas cartas. Nunca estuve enamorada. Tú sí sabrás de eso.

—¿Yo?

—Estás enamorado de Berta Ril.

Él sonrió.

Se levantó también y se dirigió a la mesa que hacía de bar y se sirvió una copa.

—¿Quieres, Nita?

—No, no.

—De modo —ya sostenía el brandy en la mano, dorado, dentro de una ancha copa de fino cristal— que me consideras enamorado.

—Siempre estás con ella.

—¿Berta? Ah, sí. No estoy seguro de amarla, Nita. Es una buena amiga. Los dos pensamos de una forma especial sobre el futuro. Hay que analizar mucho los sentimientos para llegar a conclusiones.

Nita no tenía interés en hablar de Berta Ril. ¿Para qué? Eran cosas de Kaden.

Por eso dijo, algo precipitadamente:

—Me di de baja en la academia de idiomas y me matriculé en una de banca.

—Sí, sí, ya me lo ha dicho tu madre. Pero yo siempre pensé que tú no tenías interés en trabajar fuera y que la ilusión de tu vida era amar a tu marido cuando te casaras, cuidar de tus hijos. Ahora —sonreía mirándola, sin dejar de menear la ancha copa, donde relucía el dorado líquido— las mujeres han de realizarse, han de trabajar fuera, ser amas de casa y trabajadoras. Yo no tengo nada en contra de eso.

—¿Y por qué lo vas a tener? Berta Ril es médico.

—Parece que Berta no te es simpática.

—No la conozco de nada.

—Ya, ya. Un día te la presentaré.

—¿Y para qué?

—Nita, hoy estás irritada.

—Me voy a la cama. Cuando venga mamá le dices que me dolía la cabeza.

—Nunca has mentido, Nita.

—Es que me duele.

Y se fue, sin añadir nada más.

Kaden se quedó solo, contemplando la copa abombada con expresión indefinible.

No entendía a Nita. Si él pudiera, si tuviera valor.

Si le animara la audacia.

Fue una semana de incertidumbre, porque intentaba acercarse a Nita, recibir sus confidencias, sus lamentaciones, pero Nita parecía ajena, ausente.

Tanto es así, que Beatriz lo comentó con él, si bien él se hizo el desentendido.

—Oye, Kaden, ¿no ves a Nita algo rara?

—Es una edad ambigua, madrina. Seguro que anda enamoriscadilla.

—¿Y tú, Kaden?

—Yo.

—Dicen que sigues con la misma chica. Que es médico, que quizá te cases con ella.

—No, madrina, no. Somos amigos. Nos gusta conversar, nos entendemos, pero tú sabes que el amor es mucho más.

—Por algo se empieza, Kaden. El amor no entra de golpe, como se suele decir. No, yo creo que entra despacio, va haciendo su nido, su rincón. Es como un microbio, un virus, que afluye de un dedo infectado y se va extendiendo.

—De todos modos no creo que yo ame a Berta con amor de hombre. Quizá sostenga una franca amistad de amigo.

—La amistad es un buen preludio para el amor, Kaden.

Ya lo sabía.

Pero también sabía otras cosas…

—Nita anda ambigua, sí —comentó la dama, como si el asunto de Kaden ya no le interesara—. La veo silenciosa desde hace tiempo; habla muy poco. Ahora dice que quiere trabajar en un banco. Pues bueno, quizá le convenga para integrarse en la sociedad actual. No estoy en contra del trabajo de la mujer fuera de casa. Las dos cosas se pueden compaginar. Hay que andar con los tiempos. Eso de que la mujer en casa con la pata quebrada ya no lo acepta la juventud. Y me parece bien. Yo misma, a mi edad, aunque desde casa, trabajo para fuera y me parece lógico hacerlo.

Eran comentarios vagos, confusos, complejos. Kaden prefería conversar con la hija.

Las quería mucho a las dos, pero mientras a Bea la consideraba una mujer fuerte y vigorosa, de gran empuje y voluntad, entendía que Nita estaba pasando por un momento malo, de misticismo, de enamoramiento carente de toda credibilidad.

\* \* \*

Se hizo el encontradizo. Sabía bien dónde tenía ella la academia de banca y se situó en la terraza de una cafetería ubicada enfrente de los bajos donde daba la clase Nita.

Le causaba pesar, inquietud.

Y más cosas que no quería decírselas a sí mismo. Era todo tan absurdo.

¿Pero podía él escapar de aquello?

Lo había intentado.

Bien que lo sabía Berta Ril.

Ya ella le decía:

«Díselo».

¿Y después?

La vio salir sola.

Terminaba el verano. Empezaban a menguar los días. Oscurecía antes. Ya las casetas de la playa se habían recogido y empezaban a amontonarse pegadas al muro, para ser guardadas hasta el próximo año. Una estación más, y los días que se iban sucediendo. El invierno empezaría pronto a teñir de tristeza el ambiente desatando lluvias y nieves.

—Nita —llamó.

La joven giró la cabeza con presteza.

Era una monería. Su juventud desbordada, y la melancolía de sus ojos la hacía más deseable. Kaden meneó la cara con fiereza.

¡Si sería tonto!

—Ven —la llamó.

Nita, sorpresivamente, parecía más animada. Le bailaba algo en los ojos.

Él pensaba si sabría lo que era.

—Hola, Kaden, ¿qué haces por aquí? —y sin esperar respuesta—. Sabrás que mañana tengo las oposiciones a banca.

—¿Y… te presentas?

—No sé si saldré, pero lo haré de todos modos. Dicen que el que no se arriesga no cruza el mar.

—Te invito a una copa —y riendo animado—: Estás más contenta.

Nita palpó el bolso.

—La he recibido.

—Oh… ¿Cuándo?

—Cuando venía hacia aquí. Se me ocurrió meter la mano en el buzón… Estaba allí.

—¿Después de cuántos días, Nita?

—Tres semanas.

—Vaya, estás de enhorabuena.

—Estuvo enfermo, ¿sabes?

—Vaya.

—Tomaré una cerveza. Estoy más contenta, Kaden. Casi contenta del todo. ¿Quieres leerla?

—¿Qué te dice para que haya animado tus ojos, Nita?

—Muchas cosas. Ven, ven, léela, y después ya me dirás. Pero… ¿qué haces por aquí? ¿No has salido hoy con tu novia?

—No es mi novia. Es mi amiga.

—¿Se puede sostener una amistad así tanto tiempo?

—Se puede. Se cambian impresiones. Te encanta hablar de mil situaciones, desmenuzarlas. Es bonito tener una amistad.

—Como la tuya y la mía, Kaden.

—Bueno, la tuya y la mía es distinta.

—¿Sí?

—Distinta en el sentido de que somos como hermanos, vivimos bajo el mismo techo. Tú me preocupas, Nita.

—¡Oh!

—En cierto modo me siento responsable de ti.

—No, no, Kaden. Eso sí que no —palpó el bolso—. Yo me siento más ligada a esto que a todo lo demás. Decididamente estoy enamorada de unas cartas y lo ciño todo a eso.

—A unas cartas de amor que no sabes quién te escribe.

—Yo le llamo X.

—¿Me das la carta? Estás distinta esta tarde. Es como si te inyectaran algo nuevo, algo muy positivo.

Y a la vez pidió un whisky y una cerveza.

Nita sacó el sobre del bolso y lo apretó entre sus dedos nerviosamente.

Kaden pensó muchas cosas, pero no dijo ninguna.

—Toma la cerveza, Nita —dijo tomando la carta.

—Sí, sí.

—¿Esperas sacar la plaza mañana?

—No sé. Todo depende.

—¿De qué?

—Si te digo la verdad, no lo sé. Tal vez de mí misma, o quizá de algo que ignoro aún de dónde procede. Me gustaría marginar todo esto —y agitó el sobre—, pero no es tan fácil. Tal vez tú sepas más de esto que yo misma.

—¿Y por qué he de saber yo, Nita?

—Porque estás enamorado.

—Oh, enamorado. ¿Te refieres a Berta Ril?

—Pues sí.

Kaden miró al frente, al tiempo de mover el vaso de whisky entre los dedos.

Se diría que de súbito pensaba en mil cosas distintas que nada tenían que ver con lo que estaba hablando.

—Ya te he dicho que somos amigos. La amistad es bonita, como es la tuya, por ejemplo. Una persona necesita comunicación. Es importante tener con quien conversar, con quien cambiar impresiones —y sin transición—: Se te calienta la cerveza.

Nita agarró el vaso con los cinco dedos.

—¿Por qué estabas aquí, Kaden?

—Verás, te noto estos días huida, diferente, como si escaparas de mí, y eso me duele. Y me duele más porque eres algo muy mío, como yo soy algo tuyo. ¿No somos algo importante el uno para el otro, Nita?

La joven bebía a pequeños sorbos. Se notaba en ella una sensibilidad especial. Sentía que la presencia de Kaden allí le hacía bien, le reconfortaba, era como algo gratificante.

—Pensé que estaba sola con mi dilema —dijo quedamente.

Por encima de la mesa Kaden le asió los dedos. Se los oprimió de una forma que, a su pesar, turbó a Nita.

—Kaden, siempre serás mi hermano.

—Sí, Nita.

—Por eso, ¿sabes?, a veces me da pena que tengas un romance tanto tiempo —sonreía nerviosa—. Me gustaría… ¡Yo qué sé! Saber o pensar que estarías en casa toda tu vida. Ya sé, ya sé que eso es imposible. No sé tampoco por qué te digo esto. Quizá por la pena que siento de que un día tengas tu hogar, tu vida, tus hijos, una esposa… Y te vayas olvidando poco a poco de la casa donde has vivido tantos años.

—Nita, no puedes ser tan egoísta.

—Sí, sí, ya lo sé, Kaden.

—Anda, vamos a casa.

—¿No lees la carta?

—¿Aquí? No, no. Prefiero hacerlo en el living. Solos, a ser posible —miró la hora—. Tu madre no ha regresado aún, seguro, y tardará. Es temprano.

Hablaba con lentitud, y a la vez la asió del brazo y la alzó.

Caminaron juntos calle abajo.

No es que empezaran los fríos, pero sí que el calor se iba diluyendo, evaporándose.

Kaden le pasó un brazo por los hombros y cálidamente la oprimía contra sí.

—Nita, el contenido de esa última carta te ha conmovido, ¿verdad? No me lo digas. Lo noto. Te ha conmovido quizá en exceso.

—Es que…

—¿Por tu soledad espiritual, Nita?

—No sé, Kaden. Hay muchas cosas que no sé explicar. Ocurren, están dentro de una. Entran y no sabes ni por qué ni cuándo. Se apoderan… Yo quisiera… No sentir estos vacíos, estas inquietudes, pero están en mí.

Llegaban ante la casa. Aún no había anochecido del todo.

—Me parece —dijo Kaden, empujándola blandamente hacia el ascensor— que te estás enamorando de un fantasma. Y siento que eso ocurra, Nita. No hay perfección, y tú crees que tu enamorado epistolar es perfecto.

## 7

Nita no creía eso. Únicamente sentía en sí la necesidad de algo distinto. O quizá como todos los días, pero positivo para sus íntimas ilusiones. Las cartas de X formaban ya parte de su vida. ¡Si se hubiera enamorado antes! Pero, si bien estuvo toda la vida enamorada del amor, nunca pudo amar algo tangible, algo evocador, algo concreto. Por ello, las cartas suponían una ilusión indescriptible, que formaba parte de la vida cotidiana, del respirar de cada instante, del sueño ilusorio de cada día, porque era un aliciente nuevo, una necesidad espiritual.

Sonia había regresado, lógicamente. Se veían menos, pues mientras Sonia seguía acudiendo a la escuela de idiomas, ella se había integrado en la de banca, de modo que sólo coincidían los fines de semana, y no todos, porque, al fin, Pedro, el compañero de Sonia, andaba dándose cuenta de que le gustaba su compañera, y solían salir juntos.

Eso suponía para Nita un vacío más, ya que con la pandilla no le gustaba tanto salir, y a falta de su amiga, prefería quedarse en casa leyendo.

Todo eso, y más, lo pensaba Nita cuando entraba en la casa, seguida de Kaden, el cual la empujaba blandamente hacia el living, encendiendo luces, porque la noche había caído ya por completo.

—Bueno, dame la carta —dijo Kaden, sentándose en el sofá junto a su amiga—. Estoy deseando saber qué cosa te dice para que haya disipado de tus ojos la tristeza.

—Seguro que me consideras una tonta soñadora, ¿verdad, Kaden?

—Tonta, no, Nita. Soñadora sí, y me parece lógico. Además, como no abundan hoy las chicas soñadoras, porque la generalidad es en exceso material, me encanta al menos conocer y tratar a alguien que es sensible y emotiva como tú.

Y al hablar se volvió hacia ella contemplándola con ternura.

De repente, la mano de Kaden alisó los rubios cabellos femeninos. Nita quedó algo sobrecogida.

—Eres muy linda, Nita. Dime, dime, ¿nunca te lo ha dicho nadie?

—Felipe —dijo ella, titubeando y retirando un poco la cabeza hasta separar la mano de Kaden—. Y otros chicos. Pero el amor no entra en una sólo porque le digan que es bella o que la aman. Yo creo que el amor es algo mucho más importante.

—Es que tú tienes un alto concepto del amor, Nita; ya te lo he dicho. Pero realmente el amor es que dos personas se gusten, se entiendan, cambien besos y caricias y les agrade sobremanera estar juntas.

Y como Nita se mantenía silenciosa, sentada a su lado, mirando la alfombra multicolor sin parpadear, Kaden añadió quedamente:

—Es compartirlo todo, Nita, desde las ideas, los gustos, hasta el lecho. ¿Entiendes?

Nita se estremeció.

—El amor —añadió Kaden de una forma rara, vibrando algo en su voz, en el fondo de su voz— es materia y es espíritu, y ha de compartirse todo sin rubor, sin reservarse nada, sin preámbulos, franca y sinceramente. Mientras exista esa compenetración, el amor es hermoso. Lo lamentable es si un día se acaba, si un día se fuerza, si un día no se sabe ya asumir la propia responsabilidad y la pareja se dispersa.

Kaden nunca había dicho aquellas cosas. Y Nita, algo impresionada, pensaba que se hacían mayores y que era lógico dejar de hablar de naderías y profundizar en las realidades. Kaden jamás le habló de amor de aquel modo. Sin duda lo hacía porque estaba enamorado.

—Pero dame la carta —rio Kaden, como si segundos antes no le silbara la voz—. Me muero por saber qué te dice tu epistolar enamorado.

—Me da… un poco de vergüenza, Kaden.

—¿Y por qué?

—Es que esta carta es…, ¿cómo diría? —se ruborizaba—. Más expresiva.

—Ojalá pudieras responderle, Nita, y te diera la oportunidad de decirle que dé la cara, que disipe su timidez, que te diga frente a frente todo lo que escribe en esas cartas.

—Teme desilusionarme.

—¿Te lo dice?

—Sí.

—Anda —insistió Kaden—. Déjame leerla. Luego llega tu madre y ya no podrás hacerlo.

Tímidamente, Nita extrajo el sobre del bolsillo del pantalón rojo que vestía.

—Temo —dijo titubeante— que te rías de su contenido.

—¿Es por eso por lo que me huyes esta temporada, Nita?

—No, no.

—Pues algo te ocurre conmigo. Antes me lo contabas todo. Incluso me manifestabas tus dudas.

Te gustaba discutir conmigo, solíamos pasar aquí tardes enteras discrepando.

Nita se levantó.

—Mientras lees la carta —dijo sin responder— iré a poner la mesa para la cena. Luego viene mamá y todo se precipita. No te rías de la carta, Kaden. Me daría mucha pena.

Kaden desplegó el sobre sin responder, y extrajo de él el pliego de la carta.

—¿Te la leo en voz alta, Nita, para que la puedas saborear una vez más?

Nita, que se hallaba en el umbral, se fue escurriendo hacia un puff y se quedó aplastada contra el suelo.

—Sí —dijo a media voz—. Sí.

* * *

«Mi Nita querida: Estuve enfermo. Intenté varias veces levantarme para sentarme a la máquina y poderte así manifestar cuánto supones para mí. No pude. Me sentía muy mal. No sé si acuciado por una enfermedad material o espiritual. Fuera como fuera, me fue imposible comunicarme contigo. Y he sufrido. He sufrido tanto que incluso a solas en mi cuarto he llorado. Ya sé que has dejado la academia, que te has integrado en otra de banca y por ello deduzco que pretendes prepararte para trabajar. Pues no estoy en contra de ello. Un día te abordaré. ¡Si me atreviera! Pero, como bien sabes, nada me duele más que provocar tu risa o tu desdén. No, si ya sé que ni eres irónica ni desdeñosa, pero... Tengo miedo de perderte si te abordo; en cambio, así, me hago la ilusión de que me entiendes, de que te conquisto. Mira, Nita, mira, yo te amo con todas mis fuerzas. Sueño contigo. Y no pienses que sueño sólo para adorarte en silencio. Perdona mi libertad, pero tengo que decirte que te adoro para poseerte, para gozar contigo, para disfrutar los dos de nuestra juventud. El amor compartido es algo estremecedor, Nita, algo maravilloso. Despierta goces y placeres y una ansiedad a veces enloquecida. Yo quisiera que entendieras todo esto. No soy, ya te lo dije en otras ocasiones, un santo bajado del cielo. Además, por todo lo contrario, soy de carne y hueso, y amo con la materia y la carne igual que amo con la sensibilidad y el espíritu. Tres semanas sin poder decirte estas cosas ha sido demasiado, no quería asumir mi propio silencio y he sufrido lo indecible. Diciéndote todo esto, que es la pura verdad, me desahogo, me siento relajado, distendido y emocionado, porque tengo la sensación de que me comprendes, de que compartes, de que me deseas tanto como yo te deseo a ti. ¿Que todo es una vaciada ilusión? ¿Un sueño irrealizable? Mientras te lo digo, tengo la certidumbre de que me comprendes, de que compartes. Hasta luego, mi Nita querida. X.»

Kaden levantó la cabeza. Nita ya no estaba allí.

—Nita —llamó.

—Estoy en la cocina, Kaden —dijo la vocecilla apagada de la joven.

Kaden, tras plegar la carta, apareció en el umbral de la cocina.

—Es preciosa, Nita.

Sí, sí.

—¿Te da vergüenza que la haya leído?

—Bueno, en cierto modo… —ocultó la mirada—. Es que… Comprende. A veces son cosas tan íntimas…

—Dime, Nita, ¿tú sientes así?

—¿Así? ¿Cómo?

—Como él. También física y espiritualmente.

—Pues…

—¿Piensas en las noches en las cosas que él dice y te gustaría vivirlas a su lado?

—No sé, Kaden. A veces… Yo… Bueno…, prefiero…

Se oyó el llavín en la cerradura. Nita, apresurada, le arrebató a Kaden la carta de la mano y la metió en el bolsillo de su pantalón.

—Es mamá —dijo.

Y rápidamente se puso a poner la mesa.

Kaden giró silenciosamente sobre sí y apareció en el living cuando entraba la dama.

—Ya empiezan a enfriar las noches, Kaden —comentó ésta—. Oscurece antes. El invierno se nos cae encima.

—Es verdad.

—¿Ha venido Nita?

—Está poniendo la mesa. Yo la ayudaba.

—Mañana tiene el examen, ¿no?

—Pues sí.

—Ya veremos lo que ocurre.

Ocurrió lo que Kaden esperaba. La suspendieron.

—Es lógico —le dijo para consolarla—. Ten presente que tu preparación no ha sido exhaustiva. En dos meses no se pueden preparar unos exámenes de esa envergadura.

Nita no parecía muy desesperada. Al fin y al cabo, pensaba, nunca tuvo ella gran necesidad de realizarse fuera de casa. Cada cual tenía sus gustos, y ella siempre soñó con casarse, ser madre de familia y cuidar de su hogar y de sus hijos.

—Para otra vez será —dijo.

Esa misma semana, Sonia le dio la gran noticia. Se había comprometido con su amor de siempre, con aquel Pedro que tardó más de un año en percatarse de que estaba enamorado de su compañera de oficina.

—Nos casaremos en seguida —le dijo Sonia, felicísima—. Es como si de repente se abriera el cielo para mí. Como si estuviera viviendo en tinieblas y de súbito el día resplandeciera. Dime, Nita, ¿y tú?

—Yo sigo recibiendo cartas.

—¿No sabes de quién?

—No —con amargura—. A este paso, continuaré toda mi vida enamorada de unas cartas escritas a máquina.

En lo sucesivo se sentía más sola, porque Sonia salía siempre con Pedro, y ella detestaba unirse al grupo, porque eran muy frívolos y nada les importaba demasiado.

Las cartas continuaron llegando, un día más encendidas que otras, pero eran siempre puntuales.

El invierno avanzaba. Nita se pasaba los fines de semana en casa, incluso sola, pues su madre se iba con Sara y se pasaban las tardes en un cine o tomando algo en una cafetería.

A veces aparecía Kaden pero éste, otras veces, lógicamente, se iba con su amiga.

Una de aquellas tardes de fin de semana, Kaden apareció hacia las seis. Ya anochecía a media tarde. Nita, sin luz, pues había tenido pereza de encenderla, estaba tumbada en un sofá del living cuan larga era.

Vestía un pantalón negro ajustado. Camisa roja, tipo masculino, pero que en contraste le hacía más femenina. Para evitarse el sofoco del cabello, lo había peinado en lo alto de la cabeza, lo cual favorecía su belleza y el resplandor del óvalo exótico de su rostro donde los glaucos ojos ocultaban como una sombra de melancolía.

—¿Qué haces a oscuras? —preguntó Kaden desde el umbral, mientras se despojaba de la pelliza.

Nita casi no se movió. Dormitaba.

Kaden encendió la luz central, y Nita empezó a parpadear.

—Con lo a gusto que estaba, Kaden.

# 8

Nita lanzó sobre él una mirada mientras se iba incorporando. Kaden vestía un pantalón de franela gris, camisa azulina por cuyo cuello asomaba un discreto pañuelo, y encima un suéter de cuello en pico de color azul marino.

—Hace un día desapacible —comentó, dejándose caer en un sillón no lejos del sofá, sobre el cual ya estaba sentada Nita, porque había echado los pies al suelo.

—No has salido con tu novia.

—No es mi novia, Nita.

—Bueno, con Berta Ril.

—Está de guardia.

—Ah.

—¿Y tú?

—Yo prefiero la casa. Aquí calienta la calefacción y puedo pensar.

—En tu amor epistolar.

—En cierto modo.

—No me has enseñado las últimas cartas, Nita.

—¡Bah!

—¿Ya no te interesa?

—¿X? Sí, sí.

—Quieres guardarlo todo para ti.

—En cierto modo.

—¿No estás muy parca hoy?

Estaba inquieta, y que nadie le preguntara las causas.

De repente, sin responder aún, Kaden se echó hacia delante y apoyó los brazos en los muslos.

—Oye, Nita, ¿te ha besado alguna vez un chico?

Nita abrió mucho los ojos.

—¿Qué dices?

—Pues eso. Si te han besado.

—Pues… no.

—Y tienes veintidós años.

—Claro.

—¿Te parece normal?

—No sé. Nunca pensé en ello.

—Se puede besar sin un amor encendido, Nita.

—Ah…

—¿No concibes eso?

—Nunca lo he pensado.

—¿Quieres que te bese yo, Nita?

Del salto, la joven se quedó erguida.

Pero Kaden no se movió de su sitio ni cambió de postura.

No obstante, sonrió beatífico.

—No me mires así —dijo Kaden con voz algo hueca—. No soy ningún monstruo —y antes de que ella pudiera responder, añadió como muy precipitado, nervioso sin duda, e intentando disimularlo—. La experiencia es importante, Nita. Y eso no quiere decir que en modo alguno te sientas ligada a nada determinado.

La joven le miraba tan desconcertada, que Kaden se levantó cohibido.

—Bueno, seguro que estás pensando que estoy loco.

—Por lo menos sí digo que me desconciertas —se agitó Nita—. ¿A qué fin me vas a besar tú? Porque no creo que estés hablando de un beso de hermanos.

—Ésos nos los damos con frecuencia —dijo Kaden, precipitadamente—. No, no me refiero a esos besos.

—Kaden, ¿qué te propones?

Eso es, se preguntó Kaden, ¿qué se proponía? ¿Romper el círculo en el cual le precipitaba su afecto fraternal?

—Estás destruyendo algo hermoso —dijo Nita, aún enojada.

—Tienes razón, Nita. Soy un tonto.

Y se iba.

Pero Nita se le puso delante.

—¿Por qué, Kaden?

—¿Por qué… qué?

—Me hablas hoy en ese tono desconocido.

—Es que… —se pasó los dedos por el pelo y por la cara—. Bueno, seguramente me da mucha rabia que te creas enamorada de unas cartas.

—Pero eso nada tiene que ver con lo que tú acabas de decir.

—Perdona.

—¿Basta eso, Kaden?

Claro que no.

Pero, aun así, se encontró diciendo:

—Tampoco es tan importante lo que he dicho para que te enfades.

—Es que por primera vez me da la sensación de que te estás metiendo en un terreno resbaladizo. No tengo interés ninguno en aprender a besar. Para mí, el beso y el amor están unidos. Deben ir unidos.

—Es según la apreciación de cada cual.

Dicho esto se fue.

Nita juraría que también Kaden estaba enfadado.

¿Con ella? ¿Y por qué? Al fin y al cabo, el que había metido la pata había sido él.

De repente, las cosas se veían de otra manera. Se apreciaban de modo muy diferente.

* * *

Se quedó sola y desasosegada. Oía los pasos de Kaden, pesados y como aplastándose en la moqueta camino de su cuarto.

Se revolvió inquieta.

¿Por qué había destruido Kaden con unas palabras imprudentes el más hermoso afecto que existía entre los dos?

No fue capaz de contenerse. Se dirigió a toda prisa al cuarto de él.

Empujó la puerta.

Vio a Kaden de pie ante el ventanal, con las piernas algo abiertas, erguido, mirando al frente. Una tenue luz que partía de la mesita de noche iluminaba su silueta.

—Kaden —llamó.

Él se giró en redondo.

—Kaden —siseó, atragantada—, ¿por qué?

—Déjalo así.

—Es que no entiendo tus palabras ni el significado que les dabas.

—Te aseguro que por un segundo no vi en ti a la hermana del alma.

—Es raro, Kaden.

—Sí —dio unas cabezaditas—, tienes razón, toda la razón del mundo. Es raro, pero no sabría decirte de dónde parte la rareza. Si de mí o de tu ingenuidad.

—Seguro que con Berta ejercitas ese deporte.

Kaden no parpadeó.

Se diría que de súbito se le iba hasta el don de la palabra y que sus ojos desmesurados vagaban sin rumbo por la estancia casi en tinieblas.

Fue de repente.

Él no tenía intención de hacerlo, ni Nita esperaba que lo hiciera.

Pero lo cierto es que Kaden, como impulsado por una fuerza extraña, alzó la mano.

Por un segundo, Nita la vio volar indecisa en torno a su cabeza y después posarse en su nuca.

Ni una palabra.

Pero Kaden la sujetó así, por la nuca, y se inclinó hacia ella.

Hubo un parpadeo al mirarse, una indecisión.

Los dedos de Kaden no lastimaban, pero sí que sujetaban con firmeza. En cambio, en sus ojos color canela se diría que se libraba una gran batalla.

—Kaden, ¿qué haces?

¿Lo sabía Kaden?

¿Qué sentía?

¿Por qué todo aquello, que parecía quemarle las entrañas, borrarle de la mente el razonamiento?

Cerró los ojos por un segundo y, sin responder, tomó la boca femenina en la suya.

No fue un segundo.

Tampoco Nita forcejeó.

Se diría que la sorpresa la tenía paralizada.

¿O la emoción?

Algo le metía Kaden en los labios y algo le bajaba a ella por el cuerpo encendiéndole la sangre.

Algo que le palpitaba como una hoguera.

De repente dio un paso atrás. Kaden quedó erguido con la mano libre, los dedos separados unos de otros.

—Kaden —gritó Nita—. Kaden, ¿por qué? ¿Qué has roto? ¿Qué has destruido?

Y como él permanecía silencioso, como paralizado, Nita siguió gritando:

—¿Por qué, Kaden, por qué?

El aludido dio un paso atrás. Luego otro.

—Kaden —seguía gritando Nita.

No, Kaden no se detenía.

Sus pasos resonaban. Nita sintió la puerta. Después un golpe terrible.

Nita, paso a paso, atravesó el pasillo, y se perdió en el living.

Se quedó erguida, sintiendo en la boca un calor sofocante y en las sienes aquel palpitar…

De repente echó a correr. Jamás cosa alguna le había desconcertado más.

¿Era aquel beso un beso de hermano?

¿Y por qué Kaden se comportaba así?

Siempre fue para ella el mejor amigo del mundo, el más sincero, el más franco, el más honesto, el más cariñoso.

Ocultando la cara entre las manos se dirigió corriendo a su cuarto, cerró la puerta tras de sí y se lanzó al lecho, cara abajo, arrastrando los dedos por la sobrecama.

No supo el tiempo que estuvo allí. Tal vez una hora, dos…

¡Qué más daba!

Su cabeza era un caos.

¿A qué fin?

Ella estaba tranquila, ella no había sentido jamás alteración alguna. Pero de súbito…

—Nita, ¿dónde anda Kaden? Está la mesa puesta. Vamos a cenar.

Salió casi tambaleante.

Su madre dijo:

—Acabo de llegar, y veo el auto de Kaden abajo. Pensé que estaríais esperando.

—Kaden no ha vuelto.

—Pues tiene el auto abajo. Bueno, vendrá. Tú y yo vamos a comer, al fin y al cabo nunca lo esperamos.

Comió poco y mal. Estaba como alucinada. Espiaba todos los ruidos.

Su madre le contó la conversación sostenida con Sara. ¿De qué habían hablado?

Ah, sí; su madre lo contaba. Pero ella no entendía nada. Sólo oía un murmullo.

—¿Sabes que conocí a la novia de Kaden?

Ah, eso sí lo escuchó.

Alzó la cara.

—¿Dónde?

—En el hospital. Estuvimos Sara y yo haciendo una visita a una amiga. Ella, esa chica médico, llamada Berta Ril, estaba de guardia. Es una chica muy linda. ¿Adónde vas, Nita?

—A la cama, mamá. Tengo sueño.

—Te estaba contando...

Sí, sí, ya sabía.

Berta Ril, la novia de Kaden.

—Mañana me lo cuentas, mamá.

—¿No estás muy rara, Nita?

—Será mi fracaso en los exámenes para entrar en el banco.

—Bueno, mira, vete a descansar. Yo esperaré a Kaden.

Pero a la mañana siguiente su madre le dijo:

—¿Sabes que estoy preocupada? Kaden no vino a dormir. Y es la primera vez que Kaden no duerme en su alcoba.

—Es un hombre, mamá.

Pero le dolía. Le dolía una barbaridad todo aquel estado de cosas.

# 9

No esperaba verle allí. Pero estaba.

Y al pisar la acera y verle erguido ante ella, sintió una rara sensación de pequeñez.

—Nita…, me gustaría hablarte.

Prefería que todo quedase así. En silencio, olvidado en aquel rincón de su mente. No se atrevía a juzgar a Kaden, pero…

—Mira, no pude ir a dormir a casa. Me fui a un hotel.

—Prefiero que no me cuentes, Kaden.

—Te ofendí.

—No tanto. Al fin y al cabo… un beso más o menos…

Se emparejaron.

Anochecía ya.

¿Cuantas horas sin ver a Kaden? Desde aquel momento. Un día entero. No esperaba verlo a la salida de la academia.

Casi prefería juzgarlo severamente y no volver a verlo.

—Nita…, te debo una explicación.

—No me la des, Kaden. Olvidemos el incidente.

—Lo he pasado mal todas estas horas.

—Pues es suficiente.

—¿Y no me miras? ¿Crees que no sé que no lo perdonas?

—Has roto algo bonito, Kaden. Eso es todo. El afecto que nos teníamos…

—Yo te lo sigo teniendo —dijo Kaden con voz ronca.

Nita se detuvo.

Parecía menguada dentro de su capa de lana.

—Ayer mamá conoció a tu… novia.

Lo dijo apresurada, como si así intentara detener la burda explicación que él pudiera darle.

Pero Kaden replicó con el mismo acento bronco de voz:

—No tengo novia. Conocería a Berta Ril. Pero Berta es sólo mi amiga. Nita —sin transición—, ¿estás pensando que debo irme de vuestra casa?

—¿Por un beso? —se alteró ella, a su pesar.

—Bueno, tú lo has dicho. He roto algo precioso.

—Se olvida, Kaden. Mamá no tiene la culpa de que seamos jóvenes y de que de súbito haya surgido entre los dos algo desusado. Mamá no debe saber nada. ¡Nada en absoluto!

—Pero tú…

—Lo olvidaré.

—Es que las cosas han cambiado, Nita.

Ella se detuvo.

La miró de frente. Kaden parecía menguado, muy contrariado y lo que es peor se diría que enfadado consigo mismo.

—¿En qué sentido han cambiado, Kaden?

—No sé cómo decírtelo.

—¿Decirme, qué?

—Pues… —y de repente, asiéndola de un brazo—. ¿Tomamos algo, Nita? Me gustaría hablar contigo largamente, muy largamente.

Nita prefería que se quedara callado. De repente se sentía turbada. Sin saber lo que Kaden iba a decirle, todo le turbaba y le estremecía.

—Mamá nos estará esperando —dijo, evitando así que la voz ronca de Kaden le conturbara más—. Esperemos que, por mucho que hayamos cambiado los dos, mamá no lo note.

—¿Y si te dijera que ya no te veo como… mi pariente?

Nita volvió a detenerse.

—Tampoco soy un sentimental, Nita. Perdona que te hable así. Mis años, mis vivencias… ¿Cómo explicarte?

Nita se ahogaba.

Por eso dijo confusa:

—¿Es que estás enamorado de mí?

No. Kaden no quería caer en una trampa.

—Te deseo, Nita.

Nita echó a andar apresuradamente.

—¿Qué dices? ¿Qué dices? —preguntó como si hablara sola.

Kaden se acercó a ella.

—Perdona. Es que yo... eso del amor... No sé cómo explicarte. Me gustaría decirte...

—¿Qué hice yo para que me desees?

—Nada, nada, ya sé. Pero...

—Pero tú eres un puerco material, ¿es eso lo que ibas a decirme? ¿Es que te has olvidado ya de lo que significas en mi casa, para mi madre, para mí?

—Soy humano, Nita.

—¿Y eso quiere decir que te comportas como una bestia y hablas como un cínico?

—Tengo celos de las cartas que recibes.

Nita no esperó más. O habían cambiado a Kaden o se había vuelto un sinvergüenza.

\* \* \*

No supo cómo llegó a casa. Pensó que él la seguía, pero cuando ella echó a correr, Kaden se

quedó erguido en mitad de la acera, como alela-
do o como entontecido.

—¿Qué te pasa, Nita? —preguntó su madre
viéndola llegar muy alterada.

Nita se frenó.

Darle aquel disgusto a su madre, por nada
del mundo.

¿Kaden, deseándola?

¿Qué significó entonces la convivencia de
diez años?

—He venido apurada, mamá.

—Hoy todo el mundo anda apurado —dijo
la madre, enojada—. Kaden vino a merendar.
Dijo que no vendría a comer esta noche y que
quizá regresara al amanecer, pues tenía una fies-
ta… Tú llegas corriendo… Kaden no habló casi nada… Tampoco dio explicaciones de su ausencia anoche. ¿Sabes, Nita? Encuentro un poco
raro a Kaden. Parece estar en otra galaxia. Intenté conversar, pero me respondió con mono-
sílabos.

Claro.

¿Cómo podía ser de otro modo?

Desearla… ¿Pero cómo podía Kaden, de súbito, convertirse en un sádico, en un cínico? Si
siempre fue como un hermano, como un amigo
entrañable.

—Nita, ¿te pasa algo?

—Me duele la cabeza, mamá.

—Vaya, todos parecen tener jaqueca o convertirse en mudos. Bueno, anda, vete a la cama.

No durmió.

¿Cómo iba a dormir, después de oír las crudas palabras de Kaden?

¿Es que no comprendía Kaden que ella era una persona hipersensible hasta el punto de enamorarse de unas cartas?

Cuando apareció en el comedor encontró a su madre disgustada.

—Kaden no ha venido tampoco esta noche. ¿Sabes, Nita? Me parece que se está pasando en irse de nuestro hogar. Debí esperarlo, ¿verdad? Al fin y al cabo es un hombre libre, y me parece lógico que desee tener su vida aparte.

Nita se estremeció.

¿Qué le sucedía a ella desde que Kaden le dijo aquello?

Veía las cosas de otra manera. Se diría que por su cuerpo corría una materia viva y caliente, despertando... ¿qué?

¿Ansiedades?

¿Y qué tipo de ansiedades?

Aquel beso, que aún parecía arder en sus labios. Tal vez si hubiera tenido experiencias sexuales, pero carecía de ellas, y el beso le produjo una sensación intensa, contradictoria, compleja.

—¿No dices nada, Nita?

—¿De qué, mamá?

—Del raro comportamiento de Kaden.

—Se irá a casar, mamá.

—¿Con quién?

—Tú misma has dicho que conociste a la novia.

—Ah, pero no es su novia. Verás, ya conoces a Sara. Habla por los codos. Es muy buena persona, pero se pierde por la boca. Así que ayer le dijo a la doctora Berta Ril que yo era la madrina de Kaden y que ya sabía que éste era su novio. Pues la doctora, muy seria, dijo que ella estaba casada.

Nita dio un salto.

—¿Qué? —gritó.

—¿A qué fin te pones así, Nita?

—¿Casada?

—Y en trámite de divorcio. Su marido, también médico, está en Madrid. Ella tiene un hijo estudiando. Parece joven, pero es bastante mayor que Kaden.

—Bueno —se agitó Nita sin saber por qué—, al fin y al cabo, el hecho de que esté casada importa poco, si está, además, en trámite de divorcio.

—Es que ella dijo que nunca se casaría por segunda vez. Y que Kaden era su amigo, pero ni su amante ni su novio.

—¡Ah!

—¡Qué cosas más raras! ¿Verdad, Nita?

—Sí, mucho.

—Pero, ¿adónde vas, hija?

—A dar una vuelta, mamá.

Se sentía tan aturdida que no sabía por dónde empezar a reflexionar. Lo primero que haría seria meter los dedos en el buzón. Era lunes. Sin duda, la carta de X estaría allí, y su contenido, de algún modo, le ayudaría a superar tantas sensaciones desconcertantes.

Pero no había carta.

Se quedó desilusionada. De repente, todo parecía oscuro, resbaladizo, como si ella se convirtiera en otra persona.

Cuando entró en su casa al mediodía, su madre parecía aún desconcertada.

—Definitivamente, algo cambia en la vida de Kaden.

—¿Qué sucede, mamá?

—Kaden ha llamado diciendo que no le esperáramos a comer.

—Tendrá algún compromiso.

—O se está alejando de nuestro entorno. Bueno, lo siento. Es un gran chico. Yo le tengo tanto afecto como te puedo tener a ti. Pero entiendo que, a su edad, Kaden pretenda disponer de su propia vida. Un día cualquiera nos dirá que se va a vivir solo.

Nita no dijo palabra, pero sí sabía que se le ponía un nudo en la garganta.

Por la tarde, después de horas a solas en su cuarto rumiando no sabía qué, se fue a la academia.

Esperaba que en la próxima convocatoria saldría con empleo, aunque ya no estaba segura de desearlo. El vacío de la falta de la carta de su enamorado producía en ella desconcierto y pena. Se preguntaba también si se sentía tan indiferente ante el deseo confesado por Kaden.

No tanto.

Lo veía de otra manera. Por la noche había soñado con él, con ser suya, con acostarse en su cama, despertando sobresaltada.

¿Por qué le habían metido a ella aquellas raras sensaciones en el cuerpo?

Kaden, su amigo de toda la vida, casi su hermano, convertido en un hombre a secas.

¿De qué escapaba Kaden, además?

Porque Kaden huía.

## 10

Un sexto sentido le decía que estaría allí. Por eso apenas si se asombró.

El auto conducido por Kaden rodaba a su lado, casi pegado a la acera.

—Nita, ¿subes?

¿Por qué no?

Prefería aclarar las cosas.

Que Kaden huyese no era motivo obvio para que también huyese ella.

Así que subió al auto. Kaden condujo a lo largo de la calle.

Empezaba a anochecer. Eran las seis.

Hacía frío, pero dentro del auto funcionaba la calefacción.

Nita, en silencio, desenrolló la bufanda que le rodeaba el cuello y se desabrochó la pelliza. Vestía pantalones de pana marrón, camisa de un tono beige de villela. Calzaba botas de caña corta por donde perdía los bajos de los pantalones. Su cabeza la cubría un gorro de lana, dejando la melena suelta por fuera.

Estaba linda, atrayente, y el tono azuloso grisáceo de sus ojos parecía acentuado.

—¿A dónde me llevas, Kaden?

—Por la periferia.

—No has ido a casa.

—Estoy pensando en dejarla —dijo él, quedamente sibilante, sin soltar las manos del volante.

—Ya lo dice mamá.

—¿Qué dice madrina?

—Pues eso. Que necesitas vida propia, que te irás un día cualquiera. Que estás preparando el terreno.

—No quisiera irme, pero…

—¿Por qué me dijiste ayer aquello, Kaden?

—Es la verdad.

—Sin amor.

—¿Te gustaría que sintiera amor con el deseo?

—¿No es lo normal?

—Puede —y bruscamente, sin transición—: ¿Qué te dice tu amado hoy en la carta?

—No la he recibido.

—Vaya… ¿Y eso?

—Kaden, ¿qué te pasa? ¿Por qué ese tono reticente?

Kaden paró el auto en la periferia, en un lugar descampado, frente al mar, que chocaba contra los acantilados levantando olas de espuma.

Cruzó las manos en el volante y apoyó allí el busto ladeado.

—No te besé el otro día por descuido, Nita. Hay que ser sinceros. Al fin y al cabo, soy un hombre como los demás. Tú eres linda. Y no sabes nada de nada del amor y sus derivados. Estás enamorada de unas cartas que ni siquiera sabes quién te envía. No tengo nada que decir sobre el particular, pero sí puedo decir y digo que no soy tu hermano y que, lógicamente, al tener esa certidumbre empecé a sentir que al vivir cerca de ti, despertabas en mí algo diferente.

—Pero no amor.

—¿Y por qué no un amor con deseo? No entiendo que el amor sin más sea suficiente.

—Sin embargo, Kaden —dijo Nita, dolida más que ofendida—, es duro que me digas eso. Sabiendo, además, que yo… estoy tan verde en todo eso.

Hubo en Kaden un tibio ademán. Soltó una mano y asió los dedos de Nita.

Se los oprimió fuertemente.

—Nita querida, no quiero ofenderte. Pero…

—¿Pero qué, Kaden?

—Es que no estoy seguro de nada, Nita —y súbitamente, con voz que Nita no reconocía como

110

de Kaden—. ¿Vivirías conmigo unas horas a solas y de una forma muy distinta de como siempre hemos vivido, Nita?

—¿Qué dices?

—Sabes lo que te estoy pidiendo, Nita. Una chica como tú puede ser ingenua, pero no tonta.

—Me da pena.

—¿Pena?

—Que me digas eso.

Kaden entrecerró los ojos. De repente la atrajo hacia sí.

—Nita… yo no quiero ofenderte. Quizá después nos entendamos mejor.

—¡Dios mío, no, no, no!

—Pero en el fondo lo deseas, Nita, ¿verdad?

Oh, sí, sí. Pero…

Se separó de él.

—Llévame a casa —dijo, sofocada.

—Estoy despertando en ti ansiedades que nunca conociste, ¿verdad, Nita?

Sí, era así.

Y le daba vergüenza. Un sofoco desconocido. Una timidez y una turbación indescriptibles.

—No te fuerzo, Nita —dijo Kaden, poniendo el auto en marcha—. Pero ahora ya sabes…

—¿Y después, Kaden?

—¿Cuándo?

—Después de eso…

—La vida hablará por sí sola, Nita. La vida, y nosotros dos.

\* \* \*

El auto rodaba adentrándose en la ciudad.

Iban silenciosos. Nita, pegada al asiento, menguada, como encogida.

Kaden, serio, erguido, mirando al frente con expresión indefinible.

—Podíamos ir a un hotel de las afueras, Nita —dijo él de súbito.

—Me pides eso…

—Te invito a que te conozcas a ti misma.

—¿No te da pena romper algo tan bello como era nuestro afecto?

—Quizá despertemos una ansiedad mayor, más firme, más positiva.

—Y romper en mil pedazos una situación espiritual inigualable.

—Tenemos todo el derecho del mundo a conocernos mejor.

—¿Y si no lo deseo, Kaden?

—Pero lo deseas. No sabes aún qué deseas, pero algo distinto sí.

—Yo estoy enamorada de unas cartas.

—Eso es flacidez, banalidad. Lo positivo es lo que yo te propongo.

—Si mamá supiera…

—Nita, que tu madre vivió su propia vida.

—¿No eres muy cínico, Kaden?

—Tal vez bajo ese aparente cinismo oculte un temperamento dulce, contradictorio, pero efectivo en cuanto a densidad sentimental.

El auto giró.

Enfiló desde el centro hacia la autopista.

—Kaden, no.

—Y te tiembla la voz.

—Es que tú despiertas…, despiertas…

—Lo lógico que despierte, Nita. Vivimos juntos, sí, nos hemos apreciado como hermanos. Pero no lo somos. ¿Tiene algo de particular que yo te conozca a ti desde mi dimensión masculina, y tú a mí desde tu dimensión femenina?

—Es que todo esto parece una locura.

—Dichosos los locos que viven como tales y disfrutan como cuerdos.

—No, no —gimió Nita, agitada por no sabía qué delirante ansiedad—. Llévame a casa. Tengo miedo. Miedo de ti, de mí, de una vida que desconozco totalmente. Y no sería digno de mí que aceptara esta situación, cuando yo siempre pedí un amor limpio, sincero, noble y honesto.

Kaden paró el auto pegado al arcén.

Se volvió para mirarla. En la oscuridad, los ojos se encontraron. Nita parpadeaba. Kaden

113

respiraba con dificultad, sin duda inundado por una emoción profunda y doblegada.

—Me gustaría pensar —dijo Kaden a media voz, al tiempo de asirle la cara entre los dedos— que mi sencillez y sinceridad borran de tu mente la ilusión de unas cartas sentimentales.

—Suéltame, Kaden. No tienes derecho.

—¿A despertar tus ansiedades lógicas de mujer?

—A perturbarme.

—Si yo no te gustara, si no te atrajera, no te perturbaría, Nita. ¿No sabías eso? Te perturbo porque en el fondo de tu ser existe una llamada, una bocanada de aire nuevo, renovador, diferente. Eres sensible, y eres mujer temperamental, con tus emociones, tus deseos. ¿Por qué no vivir juntos un romance, una aventura?

—Si mamá supiera.

—¿Estás llorando, Nita?

—Estoy lamentando esta situación.

Sí, sí. Pero no se separaba de él.

Y Karen con ternura, con sumo cuidado, con ansiedad al mismo tiempo, le besó la boca. Cuidadoso, dulce, lentamente.

Para Nita, que desconocía todo el manejo amoroso, sexual, perturbador, aquella situación, confusa si se quiere, pero evidentemente real, causaba en ella un fuego llameante y a la vez rasgaba sus sensibilidades aumentándolas sin que ella misma se percatara.

Kaden, su hermano, su amigo, su pariente. Ese ser que estuvo diez años junto a ella, amable, silencioso, lleno de afecto. ¿Y qué era, además, todo aquello?

¿Partía de ese afecto o era un nuevo afecto?

Era un nuevo afecto salpicado de ansiedades y deseos, un afecto inquietante y enervante.

—Kaden, no.

—Sí, Nita.

—¡Dios mío!

—¿Por qué lamentar algo tan bonito?

Para él quizá lo fuera, pero para ella…

Intentaba empujarle, pero no quería que se fuera. ¿Cómo podía considerar ella todo aquello?

Sentía los labios de Kaden resbalar por su cara, y sus dedos posarse sobre sus senos, deslizarse suaves, cálidos por su cintura, por su espalda, su garganta y meterse como escurridos en su nuca.

—Kaden…, no, no…

—Tu voz es como un suspiro.

—Si mamá supiera…

Kaden se sentó.

Se diría que no se veía a sí mismo, que no se daba cuenta de lo que estaba haciendo, que había perdido el juicio o que en su ser nacía un hombre nuevo, un hombre que sin duda estuvo agazapado en sí mismo y salía al exterior sin tregua, sin razón, a borbotones, impidiéndole razonar.

¡Un irracional!

Era eso lo que él sentía que era.

La soltó, espantado. Y con los ojos desorbitados por el asombro que se causaba a sí mismo, la miró con desesperación.

—Oh, perdona, perdona, Nita.

Y con fiereza puso el auto en marcha.

No supo cuándo retornó al centro, cuándo frenó ante la casa de sus parientes. Cuándo Nita, como espantada, descendió y corrió hacia el portal.

Se quedó un rato con la cabeza caída sobre el volante, llamándose loco, sin sentido, irracional.

—Señor —le preguntó alguien—, ¿le ocurre algo?

Kaden levantó vivamente la cabeza.

Un guardia le miraba asomando la cabeza por la ventanilla.

—Oh, no —dijo Kaden.

Puso el auto en marcha y se alejó de allí a toda prisa.

Llevaba en su corazón como una herida. ¿Qué había hecho? ¿Y con quién?

Ya se sabía. Nada importante, pero sí lo suficiente sucio como para que Nita le considerara un desleal.

¿Cuándo había perdido él la dignidad; cuándo el sentido común; cuándo su honor?

El auto rodaba por las calles. Kaden, al volante, casi no veía, tal era la nube oscura que perturbaba y enturbiaba su mirada.

Nita entró en su casa a toda prisa y aprovechando que su madre no había regresado, corrió a tirarse en el lecho, sollozando como si algo vivo le fuese arrancado súbitamente del cuerpo.

# 11

No fue ese día. Pero sí tres días después.

Sabía, eso es verdad, que Kaden no iba por casa, que había hablado con su madre y le había dicho que, debido a unos negocios, solía pernoctar en casa de un compañero.

Su madre le creyó, ¿a qué fin lo contrario, si Kaden jamás le había mentido? Pero ella no. Afortunadamente supo disimular y ocultar toda la inmensa inquietud que le invadía.

Su madre, que creía en Kaden como si fuera ella misma, jamás podía sospechar que su gran afecto era un vil conquistador, un vil violador.

No, ya se sabe. No la había violado ni su intimidad llegó con ella hasta extremos irreparables. Pero... ¿y la indescriptible inquietud que entró en ella desde aquel instante? ¿Quién la había despertado?

Su madre, aquel atardecer, cuando ella regresó a casa de vuelta de la academia de banca, le estaba hablando y ella casi no la oía.

No obstante, cuando nombró a Kaden, Nita levantó vivamente la cabeza.

—Así que se tomó quince días de permiso de los treinta que tiene y se ha ido a descansar a una estación invernal.

¿Qué decía?

¿Creía su madre todas aquellas patrañas?

Bueno, mejor que las creyera.

¿Qué diría si supiera que Kaden intentó convencerla para pasar unas horas con él en una dolorosa, o traumatizante, sesión sexual?

—Ha venido esta tarde a buscar su maleta. Está cansado de tanto trabajo y ha partido el permiso anual en dos. Quince días en las cumbres, en un parador, le vendrán bien. Lo encontré bajo de color, con la mirada cansada. Este Kaden nuestro trabaja demasiado.

Nita miró al frente.

Respiró hondo.

¡Veía tantas cosas!

A ella misma, inquieta, desasosegada, ¡diferente! A Kaden, encendido, despiadado, corrupto.

¡De qué forma más tonta había caído Kaden del pedestal en el cual lo tenía colocado! Y es que, además, no se lo iba a perdonar, porque desde el momento en que la besó la primera vez, no pudo, ¡no!, apartarlo de su mente.

Era un recuerdo como un encendido enervamiento. ¿Las cartas de su enamorado?

No habían vuelto a llegar. Una semana, dos...

¿Si las echaba de menos?

No sabía ya. Su mente era un caos.

Su sangre se encendía. Su corazón palpitaba.

—Le he preguntado si al fin se casaba con esa médico que se está divorciando.

Nita miraba al frente con obstinación, casi hipnotizada.

—Pero, al oír a su madre, desvió los ojos y los fijó en el rostro apacible de la dama.

—Ha dicho que no. Que ni Berta ni él tienen intención de hacerlo.

Y como la hija permanecía silenciosa, la madre preguntó:

—¿Te sucede algo, Nita?

¿Y cómo no?

Le sucedía lo que empezó a sucederle desde que Kaden despertó en ella anhelos diferentes. No, ¡nunca más!, nunca, volvería a ser Kaden su amigo del alma. Era ya un hombre, sólo un hombre que la había enervado, despertado, traumatizado, inquietado al máximo.

¿Por amor?

No, no, porque era mujer al fin y al cabo, y sus instintos se despertaron bajo los labios de Kaden.

—No, mamá.

—¡Estás tan callada!

—Es que estoy cansada.

—De un tiempo a esta parte siempre estás cansada, Nita. ¿Quieres que vayamos al médico para saber de qué proviene ese cansancio?

—Oh, no, no.

Y es que ella sabía bien que no era un cansancio físico, sino un tremendo, indescriptible, cansancio espiritual.

—Kaden me prometió que al regreso se integraría de nuevo en el hogar, como siempre estuvo. Esta temporada faltó mucho, porque estuvo cargado de trabajo.

¡Mentira!

¡Mentira!

—Me voy a la cama, mamá.

—¿Le has perdido ley a Kaden, Nita?

—Claro que no.

Y se retiró antes de que su madre pudiera apreciar la desolación de su mirada.

A la mañana siguiente, cuando metió la mano en el buzón, sacó la carta.

\* \* \*

Sin embargo, no la pudo leer hasta la noche.

Y no por falta de deseos, sino porque de súbito empezaba a sentir en sí, en su mente, en todo su ser, un miedo desconocido. ¿Amaba ella unas cartas sin firma, o se sentía infinitamente inquieta por la situación anómala que Kaden había despertado? Nada tenía que ver lo uno con lo otro. Eso lo tenía muy claro, pero estimaba que las cartas y su contenido podían producir, y de hecho producían, un enorme vacío sentimental, porque quizá nunca conociera al autor de las mismas. En cambio, algo tangible, profundo, turbador movía su mente, agitaba sus carnes, aceleraba el palpitar loco de su cerebro.

Estaba, como el que dice, metida entre dos fuegos. Por un lado, el contenido de unas cartas amorosas, espirituales, sencillas y significativas; por otro, la materia de su vida, las pasiones más ocultas, las ansiedades más evidentes producían en su ser un total y obvio desconcierto. La ausencia de Kaden de la ciudad, de su casa, de aquella alcoba que siempre ocupó desde hacía casi once años, producía en ella una inquietud desesperada. Sin embargo, nadie lo diría al ver su semblante apacible, su mirada serena, si bien bajo ella se escurría una sombra de inquietud, de ansiedad, de estupor.

¿Estaba ella enamorada de Kaden? ¿Podía haber pasado a su lado días, meses, años sin darse

cuenta de que Kaden la amaba a su vez? Pero...
¿la amaba Kaden, o era sólo el vil deseo físico de
un hombre hacia una mujer? ¿No había bajo todo aquello nada puro, nada honesto?

Intentó contarle a Sonia cuanto le acontecía,
cuanto le asombraba, cuanto había despertado
en ella en poco tiempo, en casi nada de tiempo.
Porque, al fin y al cabo, había vivido serena-
mente, perturbada su paz sólo por unas cartas
preciosas, hasta que Kaden despertó aquella íntima turbación desconocida. Pero no encontró
a Sonia ese día, debido a que había ido a la capital de la provincia con Pedro, ya que estaban
montando una agencia nueva a la cual irían des-
tinados los dos, una vez casados.

Se sentía, pues, como aislada. Además se veía
obligada a disimular junto a su madre, ya que en
modo alguno podía desilusionarla con referencia al muchacho que ella quería como a un hijo.

Por otra parte, había visto el auto de Kaden
ante la casa de su amigo Julián Laguna. Sabía, por
tanto, que no era cierto que se hubiese ido a un
parador de montaña. Sin lugar a dudas, Kaden se
sentía avergonzado, humillado, por su falta de respeto ante quien se lo merecía todo.

Pensó ir a verle. Sabía, porque el mismo Kaden se lo había dicho semanas antes, que Julián Laguna se hallaba en un safari, por lo que suponía

que le habría dejado el apartamento a Kaden. Allí era donde Kaden ocultaba su vergüenza y su pudor, si es que aún le quedaba algo, que dudaba ya de su existencia.

No podría perdonarle jamás el haber despertado en ella aquellas ansiedades, y se decía, muerta de inquietud, que jamás en su vida de mujer había sentido tal perturbación, y que ella había vivido serena, tranquila, hasta que Kaden la besó por primera vez.

Todo se desató en un momento inesperado. Todo cambió en su existencia. Y el culpable de que las cosas ocurrieran así era Kaden, el hombre en el cual jamás ella hubiera pensado como posible amador.

Cuánto se habría reído de ella cuando le enseñaba las cartas, cuando ella le decía que se había enamorado de su contenido. ¿Cómo pudo ser tan vil Kaden, tan mezquino, que siendo material como demostró ser, pasó por su casa como un entrañable familiar, como un protector, como un confidente?

Ese día se lo pasó divinamente, sintiendo la carta cerrada aún en el bolsillo. Era como si le diera miedo romper la nema y ver la letra de molde escrita a máquina llenando la cuartilla por las dos caras. Una ansiedad indefinible la agitaba, hasta el punto que su madre le preguntó reiteradamente:

—Se diría que los nervios te comen, Nita. ¿Ocurre algo que yo no sé?

—Nada, mamá. Es el estudio, las oposiciones que tengo cercanas.

—No acabo de entender por qué, siendo siempre tan partidaria del hogar, de la familia, no habiéndote gustado nunca trabajar fuera de casa, de repente te entró esa manía.

No era manía. Ya lo sabía a la sazón, era necesidad de huida, de entretener en algo sus horas vacías, de rellenar huecos, de distraer la mente.

—Si te enamoraras y te casaras —añadió la madre—, todo sería distinto.

Ya lo sabía. Esa noche, al abordar su cuarto, quedó tensa, con el sobre entre los dedos mirándolo como obstinada.

Sintió a su madre caminar hacia su cuarto, cerrar la puerta. Los ruidos de la casa cesaron, dejando tras de sí un vaporoso silencio. Nita se sentó en el borde de la cama y con sus dedos temblorosos rompió la nema.

La carta, asombrosamente, estaba escrita a mano, con una caligrafía que de momento la dejó suspensa. La conocía. Sin duda, le era familiar. Pero, más que pensar en si le era o no familiar, lo que anhelaba en aquel momento era conocer su contenido. Si hacía varias semanas que no recibía cartas, lógicamente necesitaba saber las causas que habían motivado el silencio. Por otra parte, también necesitaba saber si el contenido la emocionaba lo suficiente para borrar de su mente el trauma y la inquietud que Kaden dejó en ella.

Eran unas pocas líneas. Tan pocas que se leían en una fracción de segundo.

«Mi Nita querida: No sé si la leerás en seguida o si la dejarás arrinconada. De cualquier forma que sea, estaré esperando en el portal de tu casa a que bajes a saber quién soy. Sí, ya he terminado aquí el rosario de incongruencias. No soy un adolescente, y cuanto he dicho en mis cartas es auténticamente cierto. Te amo. Te deseo y te amo. No soy una figura de papel ni una máquina de escribir. Soy un ser humano, y te he querido toda mi vida. He seguido tus pasos, he visto tus evoluciones, he espiado hasta tus suspiros. No sé si soy un necio, un soñador, un pobre diablo sentimental de los que ya no se estilan. Pero, sea como fuere, jamás he amado a mujer alguna, excepto a ti. Estoy apostado cerca de tu casa. Tardes más o tardes menos, sabré cuándo lees la carta. Te repito que, si quieres conocerme, bajes al portal. Te adoro, Nita. He soñado siempre con vivir junto a ti, por ti y para ti. No es fácil decir eso cara a cara sin saber cómo van a ser acogidas o aceptadas tus palabras. Creo que ahora ya sé un poco más de tus sentimientos. Es por eso por lo que me empuja la necesidad de dar la cara. Baja, Nita. A cualquier hora que sea, estaré esperando. X.»

Quedó tensa, temblando a la vez, con los ojos desorbitados fijos, casi estáticos, en aquella carta. Sin duda, la letra le era familiar, pero no la asociaba a nada determinado, a nada concreto. Su mente se hallaba fija, inmóvil, en la habitación.

¡Baja, baja, baja!

Se puso en pie, temblando, y se miró desconcertada.

Aún se hallaba vestida con su pantalón de fina lana color verdoso, su camisa y su suéter. Como una autómata salió del cuarto y, de puntillas, se dirigió al vestíbulo. Se diría que no era ella, sino una fuerza impulsiva, un no sé qué que la empujaba.

## 12

¿Y después, qué hiciste? Porque, si ibas dispuesta a conocer a tu enamorado epistolar, está claro que no lo conseguiste.

—No pude, Sonia. Al llegar al rellano me giré, primero vacilé y después corrí como loca al interior de la casa —se pasó los dedos por el cabello y los dejó deslizar, como si los arrastrara, por sus mejillas—. No sé qué me ocurre. Es como si de súbito temiera conocer al autor de las cartas y compararlo con todo esto que siento referente a Kaden. Me debato en un mar de confusiones. Esperaba tu regreso. Nada más conocer tu arribo a la ciudad, vine a verte. Eres la única persona que conoce mi situación con referencia a las cartas, pero lo que sucedió con Kaden aún no lo sabes.

Se hallaban en lo que en el futuro sería el nuevo hogar de Sonia y Pedro. Se pensaban casar por lo civil uno de aquellos días, sin amigos y só-lo con los testigos que exigía la ley. Para ellos no había ceremonias, ni las consideraban necesarias. Lo importante era que se conocían en profundidad, que habían pasado un viaje de luna de miel juntos, previo al matrimonio, y que al respecto no cabía duda de ningún tipo. Todo lo demás carecía de importancia. Lo peor, pensaba Sonia, era la confusión que tenía en la mente su mejor amiga.

—¿Qué sucedió con Kaden, Nita?

Se lo contó en breves palabras, si bien éstas fueron lo bastante expresivas como para que Sonia se hiciera cargo de lo que sentía Nita.

—Desde entonces no he vuelto a verle —añadió Nita, tras una breve pausa, que Sonia, asombrada, no interrumpió—. Mamá dice que fue a recoger su equipaje porque partía el permiso en dos y que se iba a un puerto de montaña. Pero yo sé que miente.

—¿Y por qué lo sabes, Nita?

—Pues porque vi su auto ante el edificio donde Julián Laguna, que es su mejor amigo, tiene su apartamento. Y cuando Julián se va, y él viaja mucho, Kaden puede disponer de su apartamento como guste y quiera.

—Y supones…

—Lo sé.

—Es decir, que sabes que tu madre cree en Kaden, pero tú, por todo eso que me cuentas, has dejado de creer.

—No es eso tampoco, Sonia. No sé cómo explicarte. Kaden, para mí, era un hermano, un confidente. Fue el primero a quien le di a leer las cartas. Y de súbito me hace proposiciones deshonestas, y hasta..., pues eso. Hasta me incita, me toca y me besa y me invita a pasar la noche en un hotel a solas.

Sonia no cabía en sí de asombro. Y es que ella siempre tuvo de Kaden un gran concepto como persona, como hombre, como amigo, como ser agradecido, que fue acogido en el hogar precioso de Beatriz Marín. ¿Así pagaba Kaden la hospitalidad desinteresada que le habían ofrecido?

—¿Lo sabe tu madre, Nita?

Ésta se estremeció, alucinada.

—Claro que no. Además, no soporto ni que lo sospeche. Por ello, si Kaden no vuelve a vivir con nosotros, no seré yo quien saque a relucir el asunto. Mamá lo cree todo, absolutamente todo lo que Kaden diga. Y si ha dicho que pasaría quince días en la montaña, para mamá será así, y nada más. Y si transcurridos esos días, Kaden pone otro pretexto, mamá también lo aceptará.

—Pero tú...

—Yo me debato en un mar de confusiones y dudas. La última carta... —se apresuró a hurgar en su bolsillo—. Toma, lee.

Sonia así lo hizo.

—Escrita a mano —dijo, asombrada—. ¿No conoces la letra?

—Me es familiar, pero sólo eso. Pienso que hay muchas caligrafías iguales, por lo tanto no creo que el que me sea familiar indique nada. Yo sólo sé —añadió, mientras Sonia leía en voz baja— que me disponía a bajar, pero de repente me arrepentí, y te diré por qué. Una cosa es mi amor platónico por el contenido de esas cartas, y otra, muy distinta, mi perturbación, por Kaden y cuanto me sucedió con él.

—Aquí —dijo Sonia devolviéndole la misiva— te daba la oportunidad de conocer al autor de las cartas.

—Pero es que a mí me dio miedo conocerle, Sonia, porque yo ignoro si amo las cartas o si amo a un hombre de carne y hueso que vivió conmigo durante once años como si fuera mi hermano y en quien yo más confiaba.

Sonia tomaba el café a pequeños sorbos y miraba a Nita con vacilación. Nita era la inocencia pura, la ingenua más absoluta. Ella, en cambio, sabía mucho de los hombres. Para ella, Pedro era todos los hombres del mundo.

—Entre Kaden y tu madre te han educado para ser hermana de la caridad, Nita —opinó Sonia, rencorosa por el método educativo que habían usado con su amiga—. Y la vida no es eso. No es recibir unas cartas amorosas que no sabes de dónde proceden, ni siquiera pensar que son serias, sino quizás urdidas por alguien que se está burlando de ti, y tienes que meterte eso en la cabeza. Casi estoy por añadir que has hecho bien no bajando al portal. A fin de cuentas... quizá no encontraras a nadie, o tal vez a uno de esos violadores aberrantes que andan sueltos. Eres muy linda y, sobre todo, muy delicada y femenina. Y vete tú a saber quién te ve para fijarse en ti y escribirte todo eso. Debo reconocer que las cartas son preciosas. Pero yo conozco gente que, con la pluma o con una máquina, tanto te pueden hacer llorar como reír. Todo es saber manejar el lenguaje. Lo que más me desconcierta es lo que me cuentas de una persona tan comedida y tan austera como Kaden, que siempre respetó todas las reglas y, de súbito, se convierte en un medio violador... físico. Eso es lo peor, que sea físico. Porque, si te amara, te lo diría con todas las letras, y tú le responderías que bueno o que no, pero de eso no pasaría. Eso es lo que hace un hombre normal.

—Por eso estoy tan desconcertada, Sonia. Y esperaba tu regreso para contártelo.

—¿Sabes lo que yo haría, Nita?

—Dímelo.

—Ir al apartamento de Julián Laguna y saber con certeza si Kaden está allí, y preguntarle por qué… se comportó así contigo y por qué razón perturbó tu tranquilidad.

—Eso ya lo pensé. Pero me da miedo.

—¿Miedo?

—De que todo vuelva a empezar.

—Pues sé valiente. Y, si te apetece, te quedas con él y vives tu primera experiencia. Y, si no te apetece, le dices que no, que no te gusta, que no le amas, que no le deseas.

Nita se removió inquieta. Sonia la miraba fijamente.

—Nita, ¿es que tú deseas a Kaden?

—Es lo que no sé, Sonia. A ti te lo puedo confesar. Cuando aquel día me atrapó, me dijo aquellas cosas, me besó y todo eso… Me sentí dominada, subyugada…, diferente.

Sonia no rompió a reír. Respetaba demasiado a su amiga Nita para hacerlo. Pero sabía de la vida un rato largo y se percataba de lo que ya sabía por demás. Nita era una ingenua inocente que nunca había vivido una experiencia semejante.

—Somos seres humanos, Nita —le decía con suma cautela, para no asustarla—. Sensibles y vulnerables. Yo no creo que por ser Kaden, hayas sentido todo eso y más, y más que te callarás. Es lógico. Una mujer, junto a un hombre, experimenta esas cosas, aunque no le ame. Incluso puede odiarlo después. Pero mientras se vive… la mente se atrofia; sólo el cuerpo vive sensaciones que en ese instante gustan. Lo siento, Nita, pero ésa es la realidad, y yo te daría un consejo, el segundo, si te parece bien.

Nita temblaba. Y es que no acababa de entender lo que le decía su amiga. Soñó siempre con el amor y con todo lo que de él se derivara. No era tan estúpida como tal vez la consideraba Sonia, pero… compendiaba el amor y el deseo unidos: de no ser así, no comprendía cómo se podían aceptar ciertas posturas sentimentales o sexuales.

—Dámelo —dijo—. Creo que nunca lo necesité tanto.

—Prueba.

—¿Probar… qué?

—Vive con Kaden lo que él quiere vivir, y después júzgate a ti misma. Algún día tendrás que salir de la ignorancia, del cascarón. Y olvídate también de las cartas. Porque si el hombre que escribe te ama tanto como asegura, iría a verte y daría la cara. Pero, si se está burlando de ti, está perturbando tu mente. Yo, en tú lugar, iría a ver a Kaden y aceptaría la primera experiencia. ¿Quién te va a preguntar dónde perdiste la virginidad? Eso ya no se lleva, Nita. Te aseguro que es lo de menos. Lo de más es la virginidad mental; ésa sí que es difícil sostenerla. La física… no vale nada. Te ofrece la oportunidad de diferenciar unas cartas poéticas de una satisfacción sexual plena o nada plena, pero, al menos, te enseñará qué es lo que realmente esperas tú de la vida y del amor.

* * *

Se pasó el resto del día pensando en cuanto Sonia le había aconsejado. Bien sabía que su amiga era una mujer de experiencia, y como no tenían secretos entre ambas, conocía de sobra que Sonia vivía con Pedro momentos francamente entregados y que sólo decidieron la boda cuando se percataron de que juntos podían ser muy dichosos.

Aquel anochecer, su madre la sorprendió diciendo:

—He tenido carta de Kaden.

Nita, que comía en silencio con la cabeza casi baja, la levantó con presteza, y sus pardos ojos azulosos, brillaron.

—¿Sí?

—De momento ha sido destinado a otra ciudad, y parece ser que tardará en venir. No sabes cuánto lo siento, porque lo quiero como a un hijo.

¡Si su madre supiera qué clase de hijo tenía!

—Dice que dejemos aquí sus cosas, que ya pasará a buscarlas. Que, de momento, no sabe cuándo retornará, debido a un trabajo que el estudio le ordenó fuera de esta ciudad.

¡Mentira!

Quizá le daba vergüenza, y prefería que se la diera, porque al menos demostraría tener algún pudor, sobre todo ante una dama que para él fue como su propia madre y a quien no supo pagar en la misma medida.

—Parece que no me oyes, Nita.

—Oh, sí —se despabiló—. Claro que sí. Me decías que Kaden tardará en volver.

—Siento que el tiempo transcurra —dijo su madre, recogiendo la mesa—. Cuando era chico daba gusto tenerlo en casa. Pero las personas crecen, y tarde o temprano prefieren tener su propio hogar. Te diré una cosa, Nita, diga lo que diga la médico, yo creo que Kaden terminará casándose con ella, a menos que ella retorne con su marido, aunque eso, a estas alturas lo veo difícil. Sin embargo, ella, contándonos su vida, aseguró que lo haría. Pero Kaden es un hombre respetuoso, responsable, afectuoso al máximo, y Berta Ril terminará por prendarse de él. Y como ahora eso de estar divorciado importa poco, pues…

Se calló sorprendida. Y es que Nita se levantó y empezó a quitarle cosas de las manos y las llevó a la cocina.

—Nita, ¿qué te pasa? Pareces muy nerviosa.

Estaba fuera de sí, pero esperaba poderlo disimular ante su madre, que ninguna culpa tenía de todo el caos que se estaba organizando en su cerebro.

—Intento liberarte de tanto trabajo, mamá.

—Pero si lo hago todas las noches.

—Algún día tendré que ayudarte yo.

—¿Y no me ayudas cada día?

Ese día era diferente, pero prefería que su madre no notara la diferencia. Por eso se apaciguó y empezó a lavar platos bajo el grifo.

Luego que terminó se fue a su cuarto y se sentó en el borde del lecho.

Lo decidió de súbito.

Iría. ¿Por qué no?

A fin de cuentas necesitaba una explicación. Había metido la mano en el buzón al retorno de la academia de banca, y no había cartas para ella. Sobres de bancos, publicidad. Cosas de todos los días. Pero carta para ella, no, y eso le dolía. Le dolía, porque era el único consuelo que le quedaba para desquitarse de toda la perturbación psíquica que Kaden había despertado en ella.

Su madre solía irse pronto a la cama, y también solía quedarse dormida rápidamente con un libro en la mano. Trabajaba todo el día. Terminaba rendida al final de la jornada, por lo cual no había cuidado de que se despertara. Y si lo hacía, jamás salía de su cuarto hasta las primeras luces del día siguiente.

Y ella lo decidió.

¿Por qué no desenmascarar a Kaden? Al fin y al cabo, estaba mintiendo, y ella lo sabía. Por otra parte, estaba dentro de sí, hurgante y punzante, el consejo de su amiga Sonia. Ella sí que sabía de la vida. Más que ella, por supuesto. Y más que su madre, que a fin de cuentas se quedó viuda joven y jamás volvió a pensar en otro hombre.

Como no se había desvestido y aún miraba ante sí con fijeza y desesperación, lanzó una mirada al espejo. Vestía pantalones de fina pana y una camiseta de algodón y calzaba mocasines. Tenía el rubio cabello suelto, pero lo ató con una cinta elástica. Hacía frío. Pensó que para salir a calle necesitaba una pelliza y una bufanda. Incluso un gorro de lana. Como aturdida empezó a buscar en el armario las tres prendas, que encontró enseguida.

No lo dudó un momento. Eran las doce en su reloj. Pensaba salir sin más meditaciones.

Si topaba a Kaden con aquella médico llamada Berta Ril, pues peor para los dos. Pero si lo encontraba solo le diría unas cuantas cosas.

Y, sobre todo, cómo se atrevía a mentirle a su madre, que para él había sido lo mejor del mundo. Más que madre, sin duda, pues no todas las madres eran tan amantes como lo fue la suya para Kaden.

# 13

Fue al llegar al portal y sentir de súbito la necesidad de hundir la mano en el buzón.

Lo había hecho al volver de clase, pero... por si alguien había deslizado allí otra carta después. La necesitaba. Y necesitaba muchas cosas más, como tener un consuelo, una carta tierna, un mensaje de paz que acallara de algún modo su caos, el que se debatía en su cerebro.

Y al hundir la mano tocó un sobre. Lo extrajo, y se quedó mirando a la luz tenue del farol que pendía del techo del portal.

A máquina. Era de su enamorado anónimo. ¿O no?

Con la pelliza abrochada hasta el cuello, la bufanda rodeando su garganta y cayendo a ambos lados y el gorro cubriendo parte de su cabellera rubia, rompió la nema.

Firmaba X.

No lo pensó dos segundos. Tomó de nuevo el ascensor y retornó a casa. Necesitaba consolarse de algún modo.

Lo mejor de todo era una de aquellas misivas, que levantaban su espíritu, aunque todo lo demás quedara hundido en un vaivén cuyo origen aún desconocía.

Entró sigilosa, sin soltar el sobre, se despojó de la pelliza, el gorro y la bufanda. No había un solo ruido en casa. Sin duda, su madre dormía, ya que tenía la luz apagada. Ella entró en su cuarto con el mismo sigilo.

«No saldré esta noche —pensó—. Lo haré otro día. Tendré que enfrentarme a Kaden y decirle cuanto pienso de él, pero de momento la carta, o el contenido de la misma, me confortará.»

Y procedió a desvestirse. Tuvo la santa paciencia de cambiar su ropa de calle por un pijama de seda y hundirse en el lecho.

«Así, aquí distendida, saborearé mejor cuanto me diga esta carta.»

Apagó todas las luces, dejando tan sólo encendida la de la mesita de noche, que iluminaba el pliego.

Estaba escrito a máquina. Y era claro, diáfano y, más que nada, expresivo.

Lo leyó con avidez. Primero una vez a toda prisa, y después relajada, deletreando, sin abrir los labios, palabra por palabra.

«Mi querida Nita —decía aquella carta para la joven, tremendamente emotiva—: No bajaste el otro día. También lo entiendo. A fin de cuentas, no sabes quién soy, o pensarás que te estoy gastando una broma. ¡Nada de eso! No me atrevo a acercarme a ti y decirte claramente: «te amo». Soy así de tímido, de introvertido. Me gustaría ser de otra manera, pero me es imposible. Escapo como un cobarde. Sin embargo, lucho por ser valiente y decir cuanto pienso y siento. Yo te amo. Y te amo tanto que no es posible amar más. El otro día hubiera sido el final de todo si asomas por el portal, porque yo te esperaba allí. Y te iba a decir cuanto siento. Pero tú no apareciste, y ya te digo que también lo comprendo. ¡Si yo tuviera valor! Y mira que soy valeroso. Pero en estas cosas del amor, cuando uno lo siente de veras, se convierte en un pobre diablo sin personalidad. Yo la tengo, Nita. Te aseguro que soy hombre decidido, emprendedor, pero... con referencia a ti, o me comporto como un bestia o me comporto como un espiritual, y dado cuanto sé de ti, evidentemente me comporto como un idealista. Pero permíteme que te diga que te amo de otra manera. Te amo como un hombre ama a una mujer. Para adorarla, para acostarse con ella, para gozar todos los placeres del mundo. No te asombres. Es así, y por carta se dice mucho mejor. Cara a cara, sería más difícil… Yo, aquella noche bien pocas antes de hoy, si hubieses bajado, me hubiera atrevido a decírtelo. Estaba dispuesto, decidido, agresivo incluso. Pero, por lo visto, te quedaste en tu casa. Tampoco te lo censuro. A fin de cuentas, ¿quién soy yo? Un tipo que escribe cartas de amor, pero que no se atreve a dar la cara. Perdóname. ¡Me dolería tanto tu risa burlona! Y eso que tú no eres sarcástica; en cambio, eres pura. Yo pienso que demasiado pura para mis pasiones terrenales y espirituales, porque de ambas situaciones soy portador. Te digo, sin embargo, que quizá si hubieses bajado, me hubiera escondido. Siempre tengo miedo… Mi amor es tan grande, tan firme, tan… físico, y también tan espiritual, que quizá tu inocencia no lo entienda, o temas entenderlo. Te adoro, mi Nita querida. X.»

La leyó siete veces, deletreante, buscando todo el significado. Se quedó dormida con la carta en la mano. Cuando abrió los ojos sintió en sus dedos el rasgueo del papel y lo miró como espantada.

Saltó del lecho y ocultó la carta donde ya tenía tantas.

Estaba perturbada. Todo se removía en su cerebro, todo se aglutinaba.

Las cartas, la situación de Kaden y aquello que vivió a su lado que fue casi, casi, como vivir una posesión sin poseer.

No podía olvidarlo, pese al consuelo que la carta le proporcionaba.

Decidió que aquel día no iría a la academia, pero sí al apartamento de Julián Laguna. Y si estaba allí Kaden le reprocharía lo ocurrido, que tanto estaba conturbando su mente.

Era sábado. Sabía que esos días, en la mañana, Kaden, al menos en su casa, dormía hasta muy tarde. Bien, pues si así era, lo vería en el apartamento de Julián, su amigo. Y si realmente se había ido de viaje y trabajaba en otra ciudad, también eso, en cierto modo, la consolaría, porque evitaría que pensara mal de su entrañable amigo.

\* \* \*

Ella sí tenía clase, pero aquella mañana no acudiría. De modo que se fue a pie hasta el edificio donde Julián Laguna tenía su apartamento. Se quedó erguida en el portal. ¿Por qué aquellos temores si ella y Kaden siempre fueron amigos, casi hermanos? No lo veía como lo último. ¡Ya no! No podía, después de lo vivido en el auto… en la periferia y oyendo a Kaden invitarla a un hotel…

De repente se dijo: «O ahora o nunca».

Y se adentró en el portal.

Era invierno. La luz del día aparecía tarde, si bien en aquel momento ya el cielo se tornaba azul, aunque el frío era intenso. Dentro de sus pantalones de pana rojos, su camisa de algodón color azul oscuro y la pelliza de piel vuelta encima, calzando mocasines y cayéndole la bufanda a ambos lados, se deslizó hacia el ascensor.

Sabía dónde vivía Julián Laguna. Se lo había oído decir a Kaden muchas veces.

No llevaba la carta en su poder. La última la había atado con las otras, con una cinta azul, y reposaba en un cajón secreto de su secreter, que guardaba en una esquina de su alcoba. Lo único que deseaba era verse a sí misma, sentirse tal cual era y, ante todo y sobre todo, desenmascarar a Kaden ante su madre. Y si estaba con una mujer, por ejemplo con Berta Ril, pues terminar de una vez con aquella comedia, que era como una mascarada.

El ascensor se detuvo. Dudó algo en pulsar el timbre, pero al fin lo hizo.

Las cosas o se hacen o no se hacen. Y ella quería hacerlas y terminar cuanto antes con todo aquello que consideraba una mentira más de la persona que consideró la mejor de todas y que era quizá peor que las peores.

Y no ya por lo que le ocurrió a ella con Kaden. No. Sino por su madre y cuanto creía de las mentiras de un sádico, porque, a fin de cuentas, con ella al menos, Kaden se comportó como tal.

Oyó pasos al tercer timbrazo.

Se preguntaba qué diría si aparecía Julián Laguna. Lo conocía apenas; de habérselo presentado Kaden en una ocasión y verlo después por la ciudad, siempre acompañado, pero nunca casado. De todos modos, esperó estoicamente. Estaba decidida a saber muchas cosas, y lo alarmante es que no sabía cuáles deseaba descubrir.

Y vio a Kaden.

Parecía somnoliento, enfundado en pijama y batín y descalzo. Al verla pareció dar un brinco.

—¿Tú?

—Sí, yo.

—Pero…

—¿Me abres?

—Espera —parecía muy aturdido—, ahora mismo suelto la cadenita.

Y así hizo.

—Pasa, pasa —dijo Kaden, atragantado, o así lo consideraba Nita—, me visto en un segundo. Es que estaba durmiendo.

—¿Solo?

—¿Cómo?

—Si estás solo en este apartamento.

—Oh, sí, sí, claro… Un segundo. Una vez vestido, vuelvo. Entra en el salón. Toma algo, si gustas.

Y la dejó sola, yéndose a toda prisa hacia el interior.

Nita entró en el salón, que se comunicaba con el hall de la entrada. Miró aquí y allá, desconcertada. Todo era muy masculino. Ni una flor, ni una planta, ni un detalle femenino.

Todo era austero, muy parecido a Kaden, cuando ella pensaba que Kaden era una bellísima persona. Pero ahora ya no sabía con qué carta quedarse. Más bien se quedaba con la peor. Por dos causas diferentes. Por lo que hizo o intentó hacer con ella y por las mentiras en las cuales su madre creía.

No tomó nada, por supuesto. Aguardó allí erguida, despojándose de la pelliza, el gorro y la bufanda, que dejó sobre el respaldo de una butaca. Casi enseguida apareció Kaden con pantalón de pana y camisa.

—Perdona, Nita. No te esperaba…

—Me lo imagino. Supongo que mamá sigue creyendo que eres un santo.

Apreció en Kaden una crispación.

—Pero tú entiendes, Nita.

—¿Entender, qué?

—Que miento por... Bueno..., ¿no te sientas? Te digo que estoy solo. Julián no vendrá en tres meses como mínimo. Viaja, porque ya sabes que es viajante de altos vuelos. Se va, pero nadie sabe cuándo regresa. Por favor, toma asiento. Si quieres hablamos... Ya sé que aquel día me comporté mal. Lo siento. Lo siento infinitamente, y siento aun más haberle mentido a tu madre, pero... se imponía la mentira para salir del círculo en el cual me hallaba.

Y como Nita le miraba sin responder y además se hundía en un sillón, Kaden parecía nervioso, atropellado, descompuesto.

—Fue un momento de exaltación, que nunca me disculparé bastante.

—¿Y por qué te has comportado así?

—Pues...

—Dilo, dilo. He venido a saberlo.

—Y, sin embargo —dijo Kaden, calmándose—, mejor es no saber las cosas que suceden en ciertos momentos. Son duros, torpes, no sabes de dónde proceden. Uno intenta dominarse, es hombre y...

—Y yo, que era tu hermana.

Lo vio soliviantarse.

—Pero no lo eres, Nita.

—Como si lo fuera.

—Sí, sí —meneó la cabeza, y los cabellos parecían volar con sus movimientos precipitados—, es verdad. Pero la realidad es que no lo eres. Además, somos parientes algo lejanos.

—Pero mamá, que está ajena a todo, se comportó contigo como una madre.

—También es cierto, también. Si yo pudiera dar marcha atrás. Pero aquella noche... Aquella noche... Bueno —se pasó los dedos por la cara, como si los arrastrara—, aquella noche sólo sentí necesidad de...

—De una mujer.

—Pues sí.

—Y nadie mejor que yo, que estaba contigo.

—Pues, bueno.

—Kaden, ¿te das cuenta de lo que dices?

No. Kaden no se la daba. Por eso se levantó y empezó a pasear el salón como si fuera un león enjaulado.

—Si te pido perdón, ¿no basta? —la miraba desde su altura, porque ella continuaba hundida en el sillón—. Di, di, ¿no es suficiente? Si me has tomado por sádico, no lo soy. Si me consideras un obseso sexual, tampoco. ¿Qué puedo pensar yo de mí, y qué piensas tú al mismo tiempo? Yo pienso que soy un tímido, y que aquel día por la noche... la situación, la soledad, fui sólo un hombre, y tú…, tú, una mujer. Pero perdóname. Por el amor de Dios, perdóname.

—Ésa es la razón por la cual no has vuelto a casa.

—Pues, sí, sí, sí… Me siento culpable —y de súbito estirándose—. Pero siento igual. ¡Igual! ¿Entiendes? Siento que te deseo, que te haría mía, que… ¡Dios santo! ¡Qué cosas digo!

Y Nita tal pensaba que de súbito Kaden se estaba desquiciando o que ya estaba desquiciado.

Decidió calmarlo.

Y habló queda y pausadamente:

—Mamá sufre, y yo también. Marginando lo ocurrido entre los dos, no entiendo tus mentiras. Mamá te considera un hijo, y yo un hermano, y no quiero pensar en todo aquello. Presentía que estarías en la ciudad, en este apartamento. Por eso vine, para comprobarlo, y ya está comprobado. No tenías derecho a engañar a mamá, que tanto te quiere. Pienso que, para ti, los once años viviendo con nosotros, ahora que puedes mantenerte, no han sucedido. Pero están ahí, y mamá no se merece eso. Que me desees a mí o me hayas deseado aquella noche, no significa que el mundo se termine… y que el afecto se apague, se agote.

Kaden se hundió enfrente de ella.

Su voz se apagaba a medida que hablaba. Y era tan densa y baja que Nita se veía y se deseaba para oírle con nitidez.

150

—Yo quiero a madrina, y la quiero tanto, tanto, que más no podría querer a una madre. Pero está esto mío hacia ti... No me preguntes qué es. Existe. Está en mí. Perdona que me sienta así, desarbolado, pero, ¿qué puedo hacer? ¿Engañarte como engaño a tu madre? A ella es fácil, y lo es porque me ama mucho y me considera un hijo. Si piensas que vivir aquí solo es un placer, te equivocas. Es que, en realidad, me siento mezquino por haber despertado en ti, aquella noche, sensaciones que desconocías. Te diré, además, y perdona mi crudeza, que por lo regular las chicas gustan de vivir esas sensaciones. Tú tienes los ojos cerrados, el sentimiento puesto en tu pureza. Mira, Nita, y discúlpame de nuevo. Yo no soy puro. Lo parezco, pero te aseguro que no lo soy.

Se levantó bruscamente, y quedó de espaldas a ella, con las piernas separadas y las manos hundidas en los bolsillos del pantalón, de modo que éste se le deslizaba de las caderas.

—Soy hombre —gritó, casi despavorido—, y como tal me comporto, y tú has llegado a ser una obsesión para mí. Y si no te vas ahora mismo..., si no te vas...

Nita se irguió. Parecía tensa y desconcertada. La situación violenta a la cual la sometía Kaden, no la entendía.

—Es mejor que te marches —le gritó él sin girar la cara—. Ahora mismo. Y que permitas que siga engañando a tu madre, porque si bien la engaño con la palabra o con una llamada telefónica, en mi fuero interno no hay engaño. Me defiendo de una tentación que considero horrible. Vete ya, y no vuelvas por aquí. No soy de hierro, ¿sabes? Soy de carne y hueso, tengo sentimientos, y los tengo que ahogar para no decir…, no decir… lo que deseo gritar.

* * *

Llegó a casa como si hubiese librado una carrera. Y es que le dio miedo aquel estado exaltado de Kaden. ¿Era ella la que despertaba tal intensidad? ¿Y dónde la había tenido oculta Kaden tanto tiempo?

Temblaba. La madre, al verla, preguntó, mansa y buena como era:

—Se diría que escapas de algo, Nita.

Y escapaba. De mil cosas diferentes. De Kaden en particular, de sus deseos doblegados, de su soledad, de cuanto estaba aconteciendo. Ella no se entendía y procuraba disimular ante su madre. No se entendía por dos razones; si se quiere, contradictorias. Las cartas y su contenido espiritual y la situación a la cual la sometía Kaden, que era, a no dudar, una situación tensa, desconcertante, ambigua, pero... clara para sus apetencias.

Decidió no contar a nadie todo aquello. Y no por temor, sino por su propio desconcierto. Esperó la carta que podía tranquilizarla por su contenido emotivo. Pero no llegó. Ni aquel día ni seis después.

Acudía a la academia cada día. Y si bien sabía dónde estaba Kaden, no iba a verlo, ni tampoco le decía a su madre que el joven la estaba engañando vilmente, como ella no se merecía.

Mediaba el invierno. Los puertos de montaña estaban llenos de nieve. A ella le gustaba esquiar, pero como Sonia, recién casada, se pasaba los días con su marido, se sentía desarbolada, sin amigas, porque ella tenía su pandilla, pero, después de tantas cosas que sucedieron en su vida, prefería ir sola.

No a la nieve, claro. Pero sí por la ciudad, por donde caminaba divagante. Sin saber qué hacer. Y fue aquella tarde, mientras su madre se hallaba en la novena con Sara, que sonó el teléfono.

Lo descolgó con desgana.

—Sí.

—Soy Kaden.

—¡Oh!

—Verás, es que Julián no ha vuelto y yo sigo disfrutando de su apartamento. No te asustes, aquello que ocurrió aquella noche no volverá a ocurrir. Sólo te llamo para saber si quieres venir mañana a esquiar.

—¿Con quién?

—Conmigo.

No, oh, no.

Le tenía miedo. Tan amigo como fue suyo, y ahora era sólo un hombre que la conturbaba.

—No.

—Así de rotunda.

—Así.

—Temes.

—¿Y por qué no?

—¿Has recibido más cartas? ¿Sigues enamorada platónicamente de unos pliegos que terminan con una X?

—¡Eso es cosa mía!

—Ya… ya… Pero también mía, Nita. Y te lo digo porque… Bueno, quisiera que me comprendieras a distancia. Siempre es mejor para mí, siendo tan tímido como soy, decirte las cosas por teléfono. Pero no contestes aún. A fin de cuentas, sé que no le has dicho a tu madre que continúo en la ciudad. La llamo todas las semanas. Le digo que estoy lejos. Y ella se lo cree, que es lo que yo deseo. El que no viva con vosotras es debido a mí mismo. A lo que sucedió aquella noche. Te aseguro que no estaba borracho. Sino interesado… ¿Me oyes? No dices nada.

—Es que no tengo nada que decir.

—Tú eras feliz en aquel instante.

—El cuerpo humano es vulnerable, pero el sentimiento es diferente.

—Sí, sí, ya entiendo. Pero dime, dime, Nita. ¿no te apetece venir a esquiar conmigo mañana? Verás, te juro que no volveré a tentarte.

—Pero todo ha cambiado entre los dos.

—Puede que sí, pero yo no tengo toda la culpa, sino, más bien, la situación, la condición de ambos de no ser hermanos, ni casi parientes, sino sólo personas humanas.

—¿Tienes algo más que decir, Kaden?

—Mucho.

—Pues dilo, y acabas antes.

—Es que no me atrevo. Tampoco estoy seguro de que tú me escuches, me entiendas.

—Es decir, que me consideras tonta.

—No, no. Todo lo contrario. Te considero muy lista, pero muy plural, muy espiritual y… la vida es más material de lo que tú sabes. Te lo digo yo, que vivo en un vaivén continuo. Lo siento, Nita. Lo siento.

—¿Qué cosa sientes?

—Que nuestra amistad se haya roto así.

—La has roto tú.

—No lo niego. Discúlpame. Pero quisiera que mañana fuéramos juntos a esquiar. En las cumbres todo es más puro, más diáfano.

—¡¡No!!

—Ya, ya.

Y colgó, sin añadir nada más, y es que nada tenía que añadir.

Al rato llegó la madre.

—Nita, ¿dónde andas?

Apareció en seguida.

—Aquí, mamá.

—Oh, estás tan rara esta temporada. Mira, entre la correspondencia había una carta para ti —y dudosa—. ¿Puedes decirme de quién es?

De X.

Pero no lo dijo.

La asió con ansiedad. La necesitaba. Estaba pasando por un momento de misticismo o tal vez sólo de desconcierto.

—Es un amigo.

—¿Muy amigo?

—Lo suficiente.

Y se fue con ella a su alcoba. Bea era discreta. Se quedó en la cocina disponiendo la comida de la noche.

Dos horas después, y en vista de que no aparecía su hija, la llamó:

—Nita, ¿qué esperas?

—Ya voy, ya voy.

Apareció desmadejada.

—A ti te ocurre algo desusado, Nita.

—Te digo que no, mamá.

—¿Y la carta?

—Es de Sonia —mintió—. Ya sabes que se casó.

La madre hizo un gesto agrio.

—Por lo civil. Ahora las chicas se casan todas así. No entiendo nada. Nada. Pero que cada cual haga lo que le guste.

# 14

Estaba deseando volver a su alcoba. Hacía ímprobos esfuerzos para disimular su ansiedad. Podría parecer imposible, pero el caso es que aún no había leído la carta. Rota la nema, sí; pero la lectura, al ser la carta escrita a máquina, había decidido dejarla para cuando estuviera sola y distendida. Ya no entendía tanto de sus distensiones, porque, en realidad y en el fondo, estaba siempre crispada, pero en cierto modo la lectura de las cartas la relajaba, aunque sólo fuera por escasos momentos. Porque, una vez leída, guardada y atada con las demás, con la cinta azul, se sentía peor aún que antes de haberla leído, por la confusión que engendraba y generaba en su cerebro.

Cuando al fin se vio sola y tendida en el lecho, procedió a leerla. No era larga, sino más bien corta, pero densa y elocuente. Y no entendía por qué aquella persona que le escribía y se hacía llamar X, sabía tanto y tanto de su vida íntima, de sus dudas, de sus desconciertos.

«Mi querida Nita —leyó sin abrir los labios y con una luz de flexo que sólo iluminaba la cuartilla—: Sé en qué mar de confusiones y dudas vives, y yo te digo que pienses menos y obres más. No me has conocido porque no has querido. No tengo valor para presentarme ahí así, así por las buenas, y decirte que soy el autor de estas cartas. Pienso que algo no funciona bien. Sea por mis cartas, sea por tus indecisiones, sea porque eres como eres. Vives en un mundo dudoso, de hipocresías, y que nadie te dijo aún cómo era realmente. Yo te amo y te deseo. Soy capaz de hacerte feliz; lo sé perfectamente, pero mi timidez y mi temor al fracaso frenan todos mis ímpetus. Aquella noche te di la oportunidad. Estoy seguro de que algo te impidió aparecer en el portal. Te pediré una cosa, Nita querida. El día que te lo vuelva a pedir baja y exponte a todo, porque el que no se expone nada gana. Se pueden perder muchas cosas, pero, entre ellas, ganar algunas significativas, como puede ser el amor de un hombre que está dispuesto a hacerte dichosa. Sé también que tu amigo Kaden se ha ido de casa, y que vive en el apartamento de un amigo y que tú has ido allí. No me digas a qué. ¡No me interesa! Porque yo no soy un machista acaparador; hagas lo que hagas con cualquier otro hombre, me tiene sin cuidado, porque mis sentimientos son muy superiores a las mezquindades y las estúpidas indagaciones. Tengo referencias de ese pariente tuyo: te digo que es un tipo honrado. Pero yo prefiero que me ames a mí y que olvides lo que ha pasado con tu pariente, si es que ha pasado algo. Un día y pronto, te pediré que me conozcas y que después decidas. Debes decidir con conocimiento de causa, segura de ti misma, convencida de lo que deseas en la vida. Temo estar confundiéndote y no sé si, pese a todo, ésta será la última carta. Eso sí, en mí tienes el amor profundo de un hombre que desde que empezaste a ser adolescente se enamoró de ti y jamás pudo amar a otra mujer. El día que vuelva a escribirte, será para pedirte que me conozcas. Perdóname. Sé que he conturbado tu vida, pero… tampoco puedo evitar estar conturbado. X.»

Se quedó con el pliego en la mano y lo leyó seis veces seguidas sin parpadear. No entendía qué desconcierto la invadía, porque cada vez se hundía más en un mar de confusiones y dudas.

Se levantó tarde. Y apenas si había dormido. Ató las cartas a las demás, las cerró con llave y después se tiró del lecho, y en bata procedió a arreglar la casa, pues su madre había salido de compras. Era domingo. No sabía aún qué haría el resto del día. Quizá quedarse en casa o dar un paseo a solas por la ciudad. No podía contar con

Sonia. Ésta, recién casada, vivía para su esposo. Ella la entendía, aunque quizá Sonia no supiese que la comprendía perfectamente.

Andaba por la casa limpiando, cuando sonó el teléfono.

Lo asió con desgana.

—Oye, tengo el auto dispuesto —era Kaden, con acento persuasivo—. Tengo los esquís y todo dispuesto. Me voy a la montaña y pienso retornar a la noche. Te digo, de veras, que me gustaría hacer las paces contigo. Olvidar todo aquello. Reconozco mi aberración, si es que prefieres llamarlo así. Y de alguna manera habrá que hacerlo. Te ruego, te suplico, que salgas de casa y vengas conmigo. Le puedes decir a tu madre que he aparecido de repente, que deseas esquiar y que yo te he invitado.

—¿Y después? —preguntó, casi ahogándose.

—¿Después de qué?

—Al regreso.

—Subo a casa, beso a madrina y luego le digo que tengo que viajar de nuevo. No quiero perturbarte con mi presencia en tu casa. Ya no sería posible. Pero esta tarde pretendo justificar mi situación junto a ti y todo aquello que ocurrió.

Era una tentación. Entre quedarse en casa o dar un paseo por la ciudad, o esquiar, que era su pasión, la opción estaba clara.

Lo decidió en medio segundo.

—Vale, ven a buscarme.

—Así se hace. Hay que ser valiente.

—¿Y lo eres tú?

Kaden tardó en responder. Cuando lo hizo, su voz le sonó a Nita algo ronca, algo cortada.

—No siempre, no. Pero… eso también forma parte de la personalidad… —y más bruscamente, como si pretendiera quitar aspereza a su respuesta—: Iré a recogerte dentro de media hora. Cuando bajes ya tendré tus esquís en mi auto, pues sé donde los guarda el portero.

—De acuerdo.

* * *

Beatriz Marín se quedó algo sorprendida al ver a su hija vestida con traje de esquiar y con las botas de descanso puestas.

—Pero… ¿pensabas ir a la montaña?

—No. Pero me llamó Kaden. Está de paso en la ciudad. Vendrá a buscarme.

—Oh, Kaden…. ¿Se queda, al regreso de la montaña?

—Pienso que no, mamá —preparaba la comida que pensaba llevarse—. Creo que se vuelve a marchar.

—Dile que no lo haga sin subir a verme. Le echo en falta. Le necesitamos en casa. Tantos años viviendo aquí, y cuando más lo precisamos, se va.

—Es su trabajo, mamá.

—Si lo entiendo, Nita. ¿No voy a entenderlo? Pero yo le quiero como si lo hubiese parido. Siento que no viva con nosotros. Me alegro de que te marches con él un día, Nita. Es con quien más segura estás. Deja que yo termine de preparar la comida. Tú termina de vestirte. A su lado, sé que estás segura, y que te protege como si fuera tu hermano. ¡Ya!

Eso suponía su madre. Pero ella no estaba nada segura. Le parecía sentir aún en su cuerpo los dedos de Kaden buscándole las partes más sensibles.

Estaba ya todo en la bolsa de deportes. Nita esperaba el bocinazo para salir corriendo, pues prefería que Kaden no viera a su madre. Al menos, antes de irse, y que si le apetecía volviera después a decirle unas cuantas mentiras enlatadas.

Pero lo que sintió fue el llavín en la cerradura, y en seguida la voz de Kaden llamando a «madrina». ¡Si sería farsante!

Bea salió toda sofocada y se apretó a Kaden, que entraba por el piso. Un Kaden vestido con traje de esquiar y botas de descanso, con su gorro calado a medias en la cabeza y algo echado hacia atrás.

—Kaden, Kaden —susurró la madre de Nita, abrazada al joven, que a su vez asió contra sí el esbelto cuerpo de la mujer fina y delicada que era Bea—. Kaden querido, tantos días sin verte.

Kaden huía de la mirada grisácea de Nita para decirle a Bea:

—Es que trabajo fuera. Vengo muy de tarde en tarde. Hoy, domingo, pensé que, dada la abundancia de nieve en la montaña, podíamos esquiar. Y llamé a Nita. Te aseguro que estoy deseando terminar ese trabajo. Después volveré a casa como siempre.

«¡Mentira, mentira!», pensaba Nita.

Pero no podía ya eludir irse con él a la nieve. Además, no deseaba perder la oportunidad de hablar con Kaden cara a cara y decirle cuanto pensaba, aunque mucho de ello ya se lo había dicho aquel día que fue al piso de Julián Laguna. A fin de cuentas, sólo habían pasado horas desde la última conversación en aquel apartamento, donde Kaden, sin duda, ocultaba su vergüenza.

—Cuando traiga a Nita esta noche subiré a verte, madrina.

—¿Y cuándo vuelves a casa definitivamente?

—Depende de mi trabajo.

«¡Más mentiras!», pensó Nita, furiosa, ocultando su tremenda ira y desconcierto. Mentira sobre mentira, y su madre, tan inocente, tan ingenua ella, se las creía todas.

—Estamos deseando tenerte en casa, Kaden. No cambié nada de tu alcoba. Todo sigue igual. Tu ordenador, tus libros, tus cuartillas.

—Te prometo que vendré tan pronto me sea posible —y separando de sí a Bea, añadió—. Cuando gustes, Nita.

Nita iba en la puerta, con su traje de esquiar rojo, su gorro haciendo juego y sus botas de descanso, pues las otras estaban en la portería. Seguramente ya las habría colocado Kaden en el auto con los esquís.

—Lleváis comida suficiente —le dijo Bea, acercándose a los dos, que ya se iban—. Procurad no hacer tonterías en la nieve, que a veces guarda malas pasadas. Y si el puerto está cerrado, no subáis con cadenas.

Las recomendaciones de siempre.

Nita ni las oía. Tenía bastante con oírse a sí misma. En cambio, Kaden sí parecía oírlo todo, y respondía con la suavidad y el afecto de siempre. Con su ternura de hijo delicioso. ¡Si su madre supiera!

Pero Nita sabía que no iba a contarlo a nadie, salvo a Sonia. Ésta vivía su luna de miel sin preocuparse de los problemas de los demás, que, si bien le llegaban, no los solventaba, porque tenían difícil solución.

—No tardéis —les recomendó Bea, por último.

Pero ya casi ni la oían porque bajaban en el ascensor hacia el portal.

Kaden le iba diciendo con voz algo engolada:

—Lo he recogido todo en la garita del portero y ya está colocado en el auto.

Nita prefería no responderle. Se sentía desmadejada, como solitaria, por muy acompañada que fuera. Ya sabía cómo se había comportado Kaden. Y, por mucho que hacía por olvidarlo, no podía.

El auto arrancó y se perdió en la céntrica calle para salir a la autopista y desviarse después por una carretera, especie de autovía que terminaba en una empinada cuesta que ya no era ni autopista ni autovía.

—Yo sé que tienes mucho que reprocharme —rompió Kaden el silencio—, de modo que empieza cuando gustes. Sé también que accediste a subir conmigo a las cumbres para decirme cuanto piensas de mí, pero, si me dejas, hablo yo primero y diré lo que opino de todo eso.

—Pues empieza ya.

—Espero que me permitas ser realista.

—Vas a ser como gustes ser, de modo que no ocultes nada. Si es que por una vez en tu vida deseas ser sincero. Mi madre te considera el mejor hijo del mundo. Yo ni te considero hermano, ni siquiera pariente lejano.

—Lo soy, pero en un grado distante. Eso no evita que seamos un hombre y una mujer que se gustan. Y si tú no estuvieras enamorada de unas cartas tontas, pensarías que yo, a fin de cuentas, soy el hombre idóneo para ti. No me mires de lado ni te crispes, ni tampoco pienses que te invité para hablar de ti y de mí. Te invité porque me apetecía, y punto. ¿Para qué ahondar más en cosas que ya han pasado y de las cuales me disculpé? Te diré más, Nita, te diré más. Me gustas... Me cuesta trabajo confesarlo, porque no soy el chico valiente que gusta a las chicas, ni el que sabe decir piropos y dorar píldoras candentes. Yo nací para hablar de realidades. Y éstas están en nosotros dos, queramos o no queramos.

Dejaron la autovía. El auto subió por la empinada cuesta hacia la montaña. El hielo abundaba, y abundaba también la nieve perdida en las cunetas.

Kaden se olvidó de lo que estaba diciendo para gruñir:

—Por lo visto tendremos que poner cadenas para subir.

Y sin más, apartó el auto junto al arcén, empezó a manipular en los frenos y después puso zapatas para que el vehículo no se deslizara.

—¿Me ayudas, Nita? No puedo poner solo las cadenas.

Nita descendió de mal talante. Había muchos autos detrás, y muchos delante, y todos se disponían a prepararse para subir la empinada cuesta que conducía a la montaña, al refugio que allí había, dispuesto a recibir a los deportistas.

# 15

El vehículo, una vez con cadenas, iba en caravana, lento y como derrengado.

Kaden, al volante, inició de nuevo la conversación.

Nita prefería que no mencionara el asunto. Había pasado. Pues bien pasado estaba. Salvo que ambos, desde aquello, se veían diferentes.

—Supongo que seguirás recibiendo cartas de X.

—Sigo —fue la respuesta breve y seca de Nita.

—Y te emociona.

—¿Te asombra? Es un hombre espiritual.

—Eso sí que no, Nita. Mira, no hay hombre alguno que sea tan espiritual, porque, si así lo tuviera que considerar, añadiría que es desviado.

—¿Qué dices?

—Perdona, pero cuando un hombre siente algo por una mujer, lo siente con todas las consecuencias. Los hay que sólo juegan y que, cuando alcanzan su objetivo, se olvidan. Y los hay que no juegan a nada, y se enamoran como tontos.

—No me digas que tú eres uno de los últimos.

Él la miró brevemente. Sus ojos le parecían a Nita más diáfanos que nunca.

—¿Y si fuera así?

—¿Así cómo?

—Que estuviera loco por ti.

—¡Oh!

—¿Te ríes?

—No.

—Entonces di algo, porque yo estoy hablando muy en serio.

—¿Por eso me invitaste al refugio de montaña?

—Verás, por eso y para decirte lo que deseo decirte. Y te digo que hace tiempo que dejaste de ser para mí la hermana querida y te has convertido en una mujer.

Nita se envalentonó, porque no le gustaba el tono de Kaden para decirle tales cosas.

—¿Y por esa razón me has citado?

—No, no. Una cosa no tiene que ver con la otra. Pero, prefiero estar a tu lado que estar solo o con otra muchacha…

—¿Y Berta Ril?

La pregunta salió disparada. Nita apreció que Kaden casi ignoraba a quién se refería, lo cual le indicaba que con la médica, no existía nada serio.

—¿A qué te refieres? Porque mira, Nita, o somos amigos como siempre o somos un hombre y una mujer, y yo, que me conozco, prefiero que seamos amigos tan sólo. Lo que siempre hemos sido. ¿Aquel breve pasado?, ¡por el amor de Dios, olvídalo! Pedí disculpas, te demostré que me pesó una barbaridad. Pero hay momentos —sus labios se apretaban— en que uno pierde los estribos y se convierte en una bestia. Ya sabemos que los hombres enamorados, a veces son como bestias, pero yo contigo quiero ser suave y paciente, y amigo ante todo y sobre todo…

—Estamos llegando al final —dijo Nita por toda respuesta, prefiriendo que Kaden olvidara aquel asunto, que a ella aún le conturbaba—. Deja el auto ante el refugio, si tienes sitio. Yo pienso esquiar todo el día. Me llevaré un bocadillo para comer en las cumbres.

—¿Y yo?

—Eso es asunto tuyo.

—O sea, que has venido conmigo para disfrutar y no para aclarar cuestiones.

—No las quiero aclarar. Están bien como están.

—¿Todo por tu enamorado epistolar?

—Puede —descendió del auto y añadió secamente—. Si esas cartas son tan preciosas, ¿por qué tengo que olvidarlas? Además…

—Sigue, sigue, no te detengas.

Pero Nita no añadió nada. Cargó con sus esquíes y las botas y se dirigió al refugio.

Kaden cerró el auto y cargó con lo suyo.

Luego todo fue un poco confuso, porque Nita se fue al telesilla para subir a las cumbres. Al parecer, se olvidaba de que iba acompañada.

Pero Kaden no se olvidó de ella, y tras guardar cola en el telesilla subió a las cumbres tras ella.

Ninguno de los dos supo en qué momento se vieron en lo alto y tropezaron.

Se quedaron tirados en la nieve y silenciosos, como estáticos. Kaden sabía mucho. Nita muy poco.

—Te habrás torcido un pie —dijo Kaden, atragantado.

—No, no —y movió ambos pies, aún prendidos en los esquís—. No ha sucedido nada.

Pero sí sucedió algo.

Se miraban, casi el uno sobre el otro.

Kaden no pudo evitarlo.

Y sin mediar palabras, le buscó los labios. Los besó con desesperación y prolongó aquel instante sin que Nita pudiera, quisiera o supiera desviarse.

Los besos de Kaden, que, a fin de cuentas, era uno solo, pero largo y cuidadoso, la inmovilizaban, la emocionaban a su pesar, la… convertían

en un objeto. Pero sin duda no era un objeto cualquiera para Kaden, porque al separar su cara dijo quedamente:

—Perdóname.

Y, de repente, se fue cuesta abajo.

Solo, bamboleante, como si esquiar fuera lo
único que le interesara en aquel momento. Y no.
No. Mil veces no. Había algo en él que le empujaba, que le podía, que le obligaba, que le emocionaba hasta lo infinito.

\* \* \*

Fue al regreso. Los dos, mudos, en el auto.
Kaden al volante; la noche encima, cayendo suave; las estrellas cuajando en el firmamento, y media luna asomando por una esquina de éste.

—Eso es lo que siento —dijo Kaden, sorda-
mente—. Eso, nada más que eso. Y eso, también,
lo que me separa de tu casa. Ya sé que tú…, que
tú…

Nita se menguó en el asiento.

Prefería no hablar. Y es que temía que, de hacerlo, rompería a llorar como una niña. Y no era
cría. Era mujer. Y Kaden, sin darse cuenta, la hizo así, tal cual era a la sazón.

—Nita, Nita querida —dijo Kaden.

Nita quedó suspensa.

Lo miró desconcertada y dijo quedamente:

—¿Nita querida?

—¿Qué sucede?

—Pues…, pues…

—Dilo.

No lo quería decir. «Nita querida» le llamaba aquel X que le escribía.

Y no deseaba compararlos. Eran diferentes, o ella se empeñaba en que lo fueran.

—Nita, ¿qué te pasa? ¿Tanto te he ofendido?

—No, no.

—Pues no entiendo.

—Hay cosas que no se entienden con facilidad, y yo vivo una de esas situaciones confusas. Déjame ser sincera, Kaden. Lo que nos pasa a los dos, a mí me atosiga, me emociona, no me duele después de vivirlo. ¿Qué significa eso? No lo sé, Kaden, y, además, me da miedo saberlo. Por otro lado, me enamoré como una adolescente de unas cartas que son divinas y que para mí son como el motor de mi vida, mi timón, mi razón de ser. ¿Cómo se puede compaginar eso? Lo ignoro.

—Déjalo así.

El auto descendía sin cadenas, y es que el hielo se había desleído con el sol, pero bajaban con cautela. Tal se diría que Kaden no tenía ninguna prisa y permitía que otros vehículos les adelantaran.

—Pero es que yo…, yo…

—No te lo calles, Nita. Di cuanto gustes y necesites. Yo te escucho. No pienses jamás que te beso y te toco para hacerte mía, para violar tu integridad. Es que lo necesito.

Nita se menguó más y más en el asiento.

—No merece la pena que dudes, Nita. Elige lo que más te atraiga. Y si soy yo, no lo dudes. Además, te digo que yo no beso a la hija de Bea sólo por besarla, por satisfacer mis apetencias. Es algo más profundo. No, no te muevas. Sigue como vas, y así, tal cual, te dejaré en tu casa. Después, que sea lo que Dios quiera o decidamos los dos. Te diré, porque me fuerza mi ansiedad a decirlo, que empecé a quererte sin percatarme. No sé si te estoy declarando mi amor, y prefiero que no me mires mientras lo hago. No busco una amante, Nita. Eso sí que no. De ésas hay a montones cuando les pagas o las conquistas. Es otra cosa. Pero si tú prefieres al autor de las cartas amorosas, no tengo nada que oponer, aunque me duela. Yo no me siento con valor para volver a tu casa a vivir, estando tú en ella, y claramente está decidido que es tuya. Tu madre me merece todo el respeto del mundo. Si has pensado que te intento acorralar, quítatelo de la cabeza.

—Me metes en un callejón sin salida.

—¿Por las cartas, Nita?

—Pues sí.

—No entiendo.

—Son preciosas, y la persona que las escribe está llena de sensibilidad, pero tú…

—Yo soy material.

—Pues pienso que, en efecto, lo eres.

—En todo hombre hay materia y sensibilidades; jamás se puede separar una cosa de la otra. No sería humano que eso ocurriera, porque el amor espiritual a secas no hace feliz jamás a una persona. O todo o nada. Y si tú prefieres el contenido de las cartas que despierta tu temperamento emocional, pues bueno.

—Y tú…

—¿Te duelo?

—Me duele que me ames.

—Y es que te amo, y bien que me cuesta ya confesarlo.

—Kaden.

—¿Por qué no dejamos las cosas así, Nita, y que sucedan como Dios o el destino quiera?

—¿Y mamá?

—Deja. Yo sé cómo decirle, y además de lejos. De cerca me sería más difícil. La quiero como si fuera la madre que perdí demasiado pronto; por nada del mundo la quiero dañar. Y si supiera que te deseo y te amo, le dañaría.

—¿Debo admirarte, Kaden?

—No, no; tampoco busco eso. Que quede todo tal como está. Y tú te irás un día con el hombre que te escribe esas bonitas y emotivas cartas.

—Es que…

—Dilo, mujer. No te calles nada. Lo más hermoso del mundo es confesar lo que uno siente.

El auto seguía bajando, llegaba ya a la autovía, y pronto tomarían la autopista hacia la ciudad.

## 16

La dejó allí, justamente ante el portal. Des-
montó todos los bártulos, que llevó luego a la garita. Entretanto, Nita se hizo cargo de la enorme
bolsa que contenía el almuerzo intacto, que no
habían comido ninguno de los dos.

—No subes a ver a mamá —le dijo Nita, acon-
gojada.

—No me siento con fuerzas.

—Kaden.

—Un día, algún día... volveré a vivir a vuestra casa, pero hoy no me pidas que suba. Discúlpame tú.

—Es que...

—¿Qué?

—Nada, Kaden, nada.

—Tienes algo que decirme, ¿verdad, Nita? Pero no me lo digas, si no quieres. Me he portado

como un estúpido, y no quiero ser estúpido —la miraba muy de cerca—. Nita, perdóname si te he ofendido en algo. Yo no quise herirte. Sin embargo... Hay ocasiones en que los hombres no saben bien lo que hacen, aunque sí sepan lo que sienten. De todos modos y pese a nuestro desconcierto, ha sido un día feliz. Las cumbres purifican muchas cosas, disipan asperezas, aclaran las ideas —asió las dos manos femeninas y se las llevó a la boca, si bien sus ojos se alzaban y miraban a Nita con fijeza—. Te diré una cosa, Nita. Te la tengo que decir para sentirme mejor, más liberado, más valiente. Y no soy valiente, Nita querida, y tú eso bien lo sabes. Siempre he sido un cortado, un tímido, un temperamental doblegando el temperamento.

Le volvió las manos, y con una reverencia casi posesiva o erótica, le besó las palmas con los labios abiertos, haciendo sentir a Nita la tremenda sensación de ser poseída. Y no quería que Kaden la subyugara así.

Las rescató. Kaden quedó erguido ante ella.

—No me has dicho —dijo Nita con acento extraño— lo que ibas a decirme.

—No sé si merece la pena.

—Pienso que ahora merece la pena decirlo todo, no callarse nada, no atragantar las realidades, no desfigurar las fantasías.

—Tengo celos de ese hombre que te escribe las cartas y firma con una X. Lo siento, Nita, pero no lo puedo remediar.

—Estás loco.

—¿Y por qué? ¿Acaso no soy humano? ¿Acaso esas cartas no son reales? Que las firme X o quien sea, poco importa, porque lo esencial, lo notorio, lo terrible para mí es que su contenido te ha enamorado.

—Calla, calla.

Y salió a toda prisa portando la bolsa de deportes.

En el ascensor temblaba. Jamás en toda su vida había sentido mayor desconcierto, más perplejidad. Tenía en mente que algo, ¡algo especial y no sabía qué!, había ocurrido aquella tarde y que, en su subconsciente, aquel algo no se perfilaba, pero estaba, como si se dijera, allí agazapado.

No sabía qué cosa era. No obstante, entendía que, de descubrirlo, supondría la clave de todo.

Decidió olvidar todo aquel asunto y subió a casa a toda prisa. Entró en casa cuando su madre disponía la mesa para dos y aún dudaba con el tercer cubierto, cuando Nita perfiló su figura en el umbral.

—No ha venido Kaden —susurró la madre, desilusionada.

—Otro día, mamá.

—¿Cómo está?

—Muy bien.

—¿Es que no comes?

—Iré a quitarme esta ropa, a darme una ducha y a ponerme cómoda.

—Tienes una carta ahí. La encontré en el buzón cuando fui a recoger el correo. Oye, Nita —y fue tras la joven—, ¿quién te escribe tanto? Desde hace mucho tiempo suelo recoger cartas para ti, y tú nunca hablas de ellas.

Nita se atragantó y volvió apenas sobre sus pasos. Recogió la carta que su madre le mostraba y comentó balbuciente:

—Una amiga.

—¿De verdad?

—Mamá.

—Está bien. Léela y ven a cenar. Se enfría la comida.

\* \* \*

Nita corrió a su cuarto como si no oyera a su madre. Pero tuvo la fuerza de voluntad de desvestirse, darse una ducha y ponerse ropa de casa. Un pantalón de pana color crema, una camisa y se calzó unos mocasines. Con el cabello aún húmedo, se dispuso a leer aquel pliego. Era corto y estaba escrito a máquina.

—Nita, ¿vienes a cenar o pongo la comida en el horno?

—Cinco minutos, mamá.

Y sin leer la carta, porque, así deprisa, prefería no leerla, se fue al comedor y tuvo la paciencia de comer algo, mientras su madre, enfrente de ella, le hablaba de mil cosas que Nita no comprendía o tal vez ni oía dado que su mente se hallaba en aquella carta, en Kaden, en los besos y en las frases, en mil detalles que no sabía cómo calificar.

Por fin, y después de ayudar en la cocina y dejar todo listo, su madre se despidió porque dijo estar cansada y prefería dormir.

Era su momento. Nita corrió a su alcoba y se encerró en ella. La carta no era extensa. Sí, en cambio, muy específica.

«Mi Nita querida —¿era esto lo que le llamaba tanto la atención, que Kaden la llamó así aquella tarde y que el anónimo X le llamaba igual?; la recorrió un estremecimiento y siguió leyendo—: Aquel día no bajaste. No quisiste verme. Yo, en cambio, deseo dar la cara, dejar de ser para ti una X anodina, genérica. Soy un ser humano. Como en otra ocasión, te digo que estoy en el portal, quiero verte y que tú me veas a mí… No más mentiras, no más ocultaciones. O nos enfrentamos a la realidad o mejor dejar todo este asunto en el olvido. A mí, aunque te parezca extraño, ya no me es posible. He dejado la carta en tu buzón esta mañana, y previendo que a tu regreso (ya sé que fuiste a la nieve con tu pariente) la hallarías… o quizá tu madre, en su hora, la recogiera. Sea como sea, te he visto marchar, con tu pariente, y a tu regreso estaré en tu portal esperándote. En otra ocasión parecida a ésta no viniste. Espero que hoy seas valiente, rompas con tus esquemas y bajes a conocerme. Como te digo, estaré esperando en el portal… Yo no sé si me amas, Nita querida, pero, sea como sea, es hora, supongo, de que ambos demos la cara. Yo, por escribirte, y tú, por leer mis cartas. Te amo tanto que no tengo mucho valor para decírtelo frente a frente, pero que sirva esta carta para que entiendas todo aquello que por timidez me callo; te diré también que no es el amor de un día o un flechazo. Fue naciendo poco a poco hasta convertirse en algo gigantesco. Ya no soporto más. Esta noche, o bajas o me olvidaré para siempre de este amor que me atenaza, me cohíbe y también a veces me engrandece. No es una amenaza, Nita. Mi Nita querida.»

Nita dejó allí la lectura y se quedó mirando al frente con obstinación. «Mi Nita querida» ¿Quién, además de su enamorado epistolar, le llamaba así o se lo había llamado aquella misma tarde? Kaden. Pero… ¿por qué esa coincidencia?

Aturdida siguió leyendo:

«No tengo por qué amenazarte, ni coaccio-
narte, ni obligarte a nada. Eres tú, libremente, la
que debe elegir entre ese pariente tuyo que te invita y que sin duda te ama, y yo, que soy un auténtico desconocido y que sólo sabes de mí cómo
escribo y cómo pienso. Por favor, te pido que bajes al portal. Estaré esperándote allí. Esta vez no
dudes, Nita. Por el amor de Dios, no dudes. X.»

No dudaría. Iría. ¿Por qué no, al fin y al cabo?

Esperó anhelante, leyendo de nuevo la carta, a
que las luces del cuarto de su madre se apagaran.
Después, poniéndose una pelliza encima de su camisa de villela, salió sigilosa. Nadie podría dete-
nerla ya. O terminaba con el fantasma de la X, o
se hacía con la X para el resto de su vida.

## 17

El portal estaba iluminado por una tenue lucecita que partía de una esquina.

La puerta del portal se hallaba cerrada, lógicamente, como cada noche. ¿Qué hora sería?

Tarde, más de la una.

Había un ascensor en una esquina y un montacargas. Y, además, pegado a la pared lateral, un banco de madera, una enorme maceta de la cual surgía un arbolito de hoja perenne.

La garita del portero estaba vacía y cerrada. Nita vio una sombra perdida en aquel banco que, al detenerse el ascensor, se levantaba poco a poco, de forma que la tenue luz le iluminaba fugazmente las piernas, pero no el busto ni el rostro.

Nita, como sugestionada, avanzó buscando el rectángulo de luz que iluminase la cara del desconocido y se quedó envarada.

—Kaden…, ¿qué haces aquí?

Él distendió los labios en una mueca.

—Mamá —titubeó Nita— sintió mucho que no subieras a despedirte. Le duele que no vuelvas.

Por toda respuesta, Kaden alargó la mano y asió los dedos de Nita. Y en el mismo silencio la impulsó hacia el banco, donde se sentó a su lado sin soltar los finos dedos de la joven.

—Kaden… yo…, yo te disculpo. Sé que estuviste loco aquel día, que… —parpadeaba— que… Me has perturbado, sí, pero se me pasará. Vengo…, vengo a conocer a X. ¿Sabes? Me ha citado aquí. Dice…, dice… que le conoceré esta noche.

Kaden la miraba cegador, no soltaba los dedos femeninos, pero con la mano libre se desabrochó la pelliza y metió la mano en el bolsillo interior.

—Mira, Nita.

La joven se quedó mirando desconcertada un paquete de algo que parecían cartas atadas con una cinta.

—¿Qué es eso, Kaden?

—Hay luz suficiente para que las mires y las reconozcas, Nita. Son copias de cartas. Las copias de las cartas que tú has recibido.

—Pero… ¿por qué las tienes tú, Kaden?

—Si quieres verlas…

—No, no. —Nita se agitó cual si la sacudieran—. No. Sólo quiero saber… por qué obran en tu poder. Por qué las tienes tú, por qué las…

—¿Te cuento una pequeña historia, querida Nita? Verás… No, por favor, no me mires con ese espanto. No soy un sádico, ni aquel día perdí el sentido. Es que había llegado a un punto en que no podía más. Todos los hombres, por comedidos que sean, un día pierden los estribos, se desbordan. Yo no soy ni mejor ni peor que la generalidad humana. Tengo virtudes, sí, pero también tengo un montón de defectos. Mi mayor defecto es que soy tímido, es que tengo un sentido vaporoso del ridículo. Quizá ahora lo estoy corriendo más que nunca, pero llega un momento en que el hombre no puede más. Y yo creo estar sufriendo ese momento. No me digas nada, Nita, y, si no te importa, no me mires a la cara. Prefiero contarte todo esto sin ver tus ojos censores. Estoy sufriendo la mayor vergüenza de mi vida, pero… ya no soporto más. No tengo tampoco edad para seguir haciendo el papel de niño tonto, de niño imberbe, de niño que no sabe definir sus sentimientos. He llegado a extremos absurdos, pero un hombre, cuando pierde el equilibrio sentimental, se lanza por el camino que sea para conseguir lo que más anhela.

—Kaden, sigo sin entender nada. En cuanto a lo que ocurrió el otro día, es mejor que vuelvas a casa, que no des ese disgusto a mamá y que todo lo olvidemos con buena voluntad.

—Es que no has comprendido aún, Nita. ¿No te das cuenta? El X de las cartas y yo somos la misma persona.

Nita del salto se levantó, pero Kaden la asió de nuevo por los dedos y tiró de ella.

—Te lo contaré, Nita. Por favor, escúchame, y después condéname, pero antes permite, por el amor de Dios, que justifique mi proceder. Por Dios, sí, escúchame. Hay sentimientos que nacen por los ojos, de la belleza, despiertan deseos, fieras ansiedades. Ésos casi siempre se ahuyentan, desaparecen, se esfuman con el tiempo. Pero los que nacen de un trato diario, los que analizan, los que se adhieren..., los que van creciendo día a día, al margen incluso de la belleza física y se forman en las cualidades espirituales de una persona, ésos no se borran; en cambio, crecen, medran desorbitadamente cada día.

—Kaden, Kaden...

—Por favor —insistía Kaden con voz casi imperceptible—. Por favor. Escúchame. Después condéname, pero, antes, permíteme al menos que me justifique. Yo entré en tu casa cuando contaba diecisiete años; tú tenías doce. Estabas crecida —su voz se hacía cada vez más apagada, pero más densa, más rica—. Eras dulce, amable, cariñosa. Me tratabas con delicadeza, con afecto profundo, como si fuera tu hermano. Yo no era tu hermano, Nita; lo tenía muy presente. Estaba en aquellos días sensibilizado hasta extremos indescriptibles, y tu afecto, tu trato delicado, me conmovía. Pero ya no era un niño, Nita. Era un hombre en ciernes. Había tenido incluso mis aventurillas sexuales, mis romances. Tus coletas rubias, tus calcetines eran para mí eslabones poderosos que me ceñían a tu entorno. No sé cómo empezó; quizá el mismo día que me llevaste de la mano hacia el cuarto que tus padres me destinaban. Fue un verte cada día, cada hora, fue observar tu evolución, cómo cambiabas los calcetines por las primeras medias, cómo te cortabas la coleta, cómo te hacías mujer: tus formas se redondeaban, tus ojos miraban de otro modo, y seguías siendo dulce, cálida, afectuosa.

—Kaden —siseó Nita, impresionada—. Oh, Kaden.

—Estás llorando, Nita. Yo también… tengo ganas de llorar, y no soy llorón. Verás, pensaba que si te decía algo referente a mis sentimientos diferentes, tú te espantarías. Ni soy apolíneo, ni soy conquistador, ni sé decir cosas preciosas a las chicas. Por carta es distinto. Nos sucede a todos los tímidos. Sólo tenemos de tímidos la apariencia, pero ante una cuartilla nos desbordamos, nos sinceramos. Yo pensé, de repente, un día, después de mucho cavilar, en cómo podría manifestarte mi amor. Mi tremenda pasión, mi admiración más absoluta. Te diré, además, que Berta Ril lo sabía. Nos conocimos por casualidad. Yo conocía su desilusión matrimonial, y ella, mi amor imposible. Salíamos juntos porque hablábamos de nuestras mutuas desesperanzas. Porque Berta está enamorada de su marido, pese a que se ha divorciado de él. Es un problema que no merece la pena tocar ahora, ya que sólo ella lo puede solucionar. Yo estaba enamorado de ti, y se lo contaba, y fue ella la que me dio la idea de escribirte. Al principio tomaste el asunto a broma. Yo me aterré. Estuve a punto de romper con todo e irme lejos. Pero después te empezaste a interesar, y pensé que, necio de mí, te habías enamorado de unas cartas y que yo me quedaba al margen. Fue eso lo que me empujó el otro día a cometer la estupidez más grande de mi vida. Nita —añadió, tras un silencio, atrayendo hacia sí la cabeza de la joven, que metió en su pecho—. Ya lo sabes todo. X y yo somos la misma persona. He intentado mil veces, buscar novia, amigas… Pero mi mente, mis sentidos, cada palpitación de mi cuerpo y de mi cerebro, estaban junto a ti. Ahora ya no me callo más. Mi propio rival era yo mismo, o quizá ahora, que sabes todo esto, pienses que ni el autor de las cartas ni yo somos dignos de ti.

Sin levantarse separó su cara. Nita le miró a los ojos con obstinación.

—Nita, mi Nita querida, tú eres quien tiene la última palabra.

Nita, inesperadamente, se aferró a él con las dos manos.

—¡Nita!

—No sé si es amor, Kaden, o deseo, o entusiasmo, o desilusión. Pero en este instante tengo dentro de mí como mil campanitas repiqueteando. Anda, vente a casa. Despertaremos a mamá y se lo contaremos.

—¿Estás loca? Madrina dirá…

—Madrina no dirá nada —apuntó una voz tras ellos.

Los dos se volvieron. Beatriz Marín les miraba largamente, comprensiva. Estaba allí, oculta tras la columna, muy cerca del ascensor.

—Oí que Nita salía. Perdonadme. Lo he escuchado todo. Además —bendita Beatriz— conocía las cartas. Sí, no me miréis de ese modo. Las he visto en el buzón más de una vez y las dejé donde estaban —se acercó a ellos, y tan alelados estaban ambos que ni se daban cuenta de que Beatriz los empujaba hacia el ascensor—. Y haciendo el cuarto de Kaden he visto las copias. Por pudor no las he leído, pero… una mujer de mi edad y con mi experiencia sabe leer perfectamente en los ojos de una persona tan delicada y emotiva como Kaden. No me miréis de ese modo —sonrió beatífica—. Cuando se quiere tanto a dos personas y se desea con ansia verlas juntas el resto de su vida, se saben muchas cosas de esas dos personas que ellas mismas de por sí ignoran.

—Mamá…

—Madrina…

—Entrad en casa. Y os digo ya que os casaréis en seguida. Nada de noviazgos largos, porque en esencia sois novios desde hace diez años, y ya está bien. Vamos, vamos, no me miréis así y pasad. Hace frío en el rellano.

* * *

—¿Te das cuenta, Nita?

No, no se la daba. Todo había sido demasiado precipitado y anheloso. La boda, el banquete y el viaje en auto hacia aquel hotel.

Se hallaba allí con Kaden. Como hombre aún no lo conocía, pues, si bien hubo besos y besos, frases entrecortadas, miradas y represiones, en la intimidad todo se daba y se tomaba en aquel momento, dentro de la suite de un hotel, cuyo nombre ni siquiera conocían.

—Nita, no dices nada. Me miras tan sólo.

—Es que… tengo la sensación de que estoy soñando, y sólo cuando me tocas, y me estás tocando desde que entramos aquí... pienso que todo es auténticamente cierto.

—Bendita sea tu madre, Nita. Lo sabía todo y...

No podía más. Y es que Nita se apretaba contra él, y él le desataba el traje de calle y la tiraba con lentitud allí, quedando inclinado sobre ella.

—Tus besos, Nita, tu pasión, tu temperamento...

—Tu novedad, Kaden... Tu estremecedora novedad...

Se buscaban los labios. Podía haber rubor, pudor, vergüenza, pero también amor, ansiedad, dulzura, deseo. Todo ello se desbordaba allí hasta extremos locamente insospechados.

Podían hablar, y los dos lo sabían, de que iban a vivir con su madre, de que ella ya no continuaría estudiando, de que prefería la casa, como él bien sabía, que tendrían hijos...

Pero el tiempo no daba para tanto, ni su paciencia. Se sintieron tremendamente ligados el uno al otro; tan entregados a sus goces y placeres, que, si bien la ternura era el medio poderoso de sus vidas, lo eran tanto o más en aquel momento de delicioso desahogo sus pasiones y ansiedades.

—Kaden...

—Dime.

—Es que... yo..., yo...

Kaden reía.

En la suave boca de Nita, en sus ojos, en su garganta. Esa risa ronca, nerviosa, contenida, que es por sí sola una revelación de cuantas emociones se están viviendo.

Ella le pasaba el dogal de sus brazos por el cuello y se arrebujaba en su cuerpo, como si todo el mundo con sus miserias y sus goces se recopilara en la mutua posesión.

Todo novedoso, todo revelador, todo auténtico y rociado con la pasión más encendida, con la ternura más evidente, con el anhelo más claro y vibrante.

—Estás temblando, Nita. Mi Nita querida.

La voz de Kaden era tenue, vibrantemente tenue.

Y Nita que, amante, ahogada, respondía:

—Y tú, Kaden, y tú. Dios mío… ¿cómo no nos dimos cuenta de que sentíamos esto? ¡Esto!

—Dime qué sientes, Nita.

—¿No lo estás sintiendo tú?

—Es como…, como…

—Un goce que parece romper las carnes y levantar en vilo las emociones.

—Nuestras mutuas emociones, Nita. ¿Comprendes? Ya no tengo vergüenza, ni timidez, ni cortedad.

Tampoco ella. Tampoco, no.

Se pegaba a él y decía en su boca, la que ella buscaba para recrearse, para sentirse más mujer.

—Bésame más, Kaden. Más, más, más…

Y Kaden la besaba, la poseía y conducía a Nita por un mundo de ensueño sentimental y profundo, físico y psíquico, y, sobre todo, dulcemente, reveladoramente sexual.

Y seguía diciendo en sus locas lucubraciones:

—Nita. Mi Nita querida.

# Otros títulos de Corín Tellado
# en Punto de Lectura

## El testamento

Nines es una chica muy segura de sí misma. Heredera de una gran fortuna y educada de una forma moderna y liberal, nada suele resistírsele. Hasta que llega a la plantación algodonera de su difunto tío y conoce a Igor, un atractivo pero taciturno joven que enseguida se propone conquistar. Pero él se resiste, y Nines ha de tragarse sus lágrimas y su orgullo. Sin embargo, la lectura del testamento del tío Ed cambiará radicalmente las cosas…

## La amante de mi amigo

Érika emigra a Madrid y trabaja como secretaria para Juan, de quien se enamora apasionadamente. Las diferencias sociales y de edad no suponen un obstáculo para su romance, pero Juan está casado y tiene hijos, y aunque promete que se divorciará de su mujer para irse a vivir con Érika, ese momento no acaba de llegar. Un encuentro casual reúne a Juan con su antiguo compañero de estudios Borja, quien a su vez es amigo y confidente de Érika. La aparición de Borja complica aún más la difícil relación de los dos amantes. El deseo, la bondad, el amor, el egoísmo, la ambición, las mentiras y la sinceridad de los protagonistas se ponen en juego en una interesante novela que nos llevará de Londres a Madrid y a la selecta Marbella.

## Te acepto como eres

Marcela, hija única de una familia del sur de España y heredera de una enorme hacienda, parece destinada a seguir los deseos de su padre: casarse con David, el hijo de la poderosa familia vecina, y tener descendientes a los que dejar la herencia de ambas estirpes. Pero Marcela es una joven con otras inquietudes y decide, en contra de la voluntad de sus progenitores, ejercer de enfermera. En el hospital donde trabaja, conoce a Lucas, un apuesto médico brasileño del que se enamora perdidamente. Una vez que sus padres aceptan la nueva situación, Marcela y Lucas se casan, pero su felicidad se ve enturbiada por dos grandes secretos que él esconde y que sólo comparte con su querida esposa. Pero David arde en deseos de venganza...

## Semblanzas íntimas

Cole nunca fue una niña como las demás. Silenciosamente, siempre había amado a Burt, el patrón del rancho donde su padre trabajaba como capataz. Cuando termina la formación educativa de la protagonista, él, siempre tan indiferente, repara en ella por primera vez, y Cole se presta a sus deseos. Su amor por él hace que se sacrifique hasta el punto de verse convertida en su amante, en un entretenimiento más, que ella acepta a pesar de todo. Pero sus firmes y profundos sentimientos logran que resista tan dura prueba y salga de ella triunfante.

## Un caballero y dos mujeres

Brian es un hombre feliz en su soledad desde que dos años atrás le abandonó su esposa. Sin embargo, su vida da un giro inesperado el día en que sus compañeros de trabajo le organizan una encerrona para que pase la noche con una mujer. Y entonces conoce a Andrea, una joven demasiado impulsiva, y poco después a la madre de ésta, Leila, cuya belleza y generosidad le impresionan tanto que llega a pensar que quizá su futuro no esté tan decidido como él imaginaba.